『オセロ』
－ヴェニスのムーア人－

七五調訳シェイクスピア
シリーズ〈7〉

今西 薫
Kaoru Imanishi

風詠社

目　次

登場人物

オセロ	ヴェニス政府に仕える将軍 / ムーア人
キャシオ	オセロの副官
イアゴ	オセロの旗手
デスデモーナ	オセロの妻
ブラバンショ	議官 / デスデモーナの父
エミリア	イアゴの妻 / デスデモーナの付き人
グラシアーノ	ブラバンショの弟
ロドヴィーコ	ブラバンショの親族
ロダリーゴ	ヴェニスの紳士
モンターノ	キプロス島の提督（オセロの前任者）
道化	オセロの従僕
ビアンカ	キャシオの愛人
大公	ヴェニスの大公
紳士1　2　3	
楽師1	
その他	

場面

ヴェニス　キプロス島の港町

第1幕

第1場

ヴェニス 路上

（ロダリーゴ イアゴ 登場）

ロダリーゴ

　何てこと！ もう二度と 聞きたくもない
　ひどいことだよ おい イアゴ
　僕の財布を 我が物のよう 使ってる
　あのことは 自分だけ 知ってたんだろう

イアゴ

　難癖を つけるなよ
　おまえが俺の 言うことを 聞かないからだ
　こんなこと 思っても 見なかった
　知ってたのなら 非難されても 文句は言わん

ロダリーゴ

　あんた 確かに 言っていた あの男 憎いとね

イアゴ

　悍_{おぞ}ましいほど 嫌いだぜ この町の 有力者 三人揃い

俺の副官 就任の 陳情に 出向いてくれた
正直言って 俺は自分の 値打ちよく 分かってる
その地位 俺にはちょうど 相応しい
だが奴は プライド高く 見識を 誇示するために
戦争用語 散りばめて 自慢話を 捲し立て
話題を逸らし 挙句の果てに 陳情は 却下した
奴が言うには「副官は もう決めてます」だ
その副官は 誰だと思う？ いやはや実に あの数学屋
フィレンツェの 出身で マイケル・キャシオと いう奴だ
美人の妻を 娶ったら 天罰が 下る男だ
戦場で 戦隊を 組んだことさえ ない上に
前線の 指揮の経験 さえもない
職工の 知ってる 程度の知識だけ 要するに 机上の空論
トーガの服を 身にまとう 古代ローマの 執政官が
実戦の 経験もなく
口先だけで 戦術を 語るのと 同じこと
そんな男が 選ばれて この俺は
ロードス島や キプロス島や
キリスト教や 異教徒の 領域で
奴の目の前 活躍を 見せつけてある
それなのに 計算野郎の 下に置かれて
俺のキャリアを 奪われた こんな奴など 副官になり

1　古代ローマの人々が用いたゆるやかな外衣。

6

俺なんて ムーア人の 将軍の 軍旗の旗手だ

ロダリーゴ

ひどいことだね 俺ならあいつ 絞首刑に してやるぞ

イアゴ

そうだよな 手のつけようが ないからな

宮仕えなど 呪いあれ 昇進は 推薦状と ご贔屓_{ひいき}次第

一番目 いなくなりゃ

その地位に 就く者は 二番目と 決まってた

古式ゆかしい 年功序列は どこへやら …

さあ よく考えて 言ってみろ

何でこの俺 ムーア人など 好きだなど 言うんだい?!

ロダリーゴ

僕なら そんな 奴の部下には ならないね

イアゴ

なあ おまえ 思ってもみろ

奴に この俺 従ってるの 考えあって してること

みんながみんな 主人になれる わけがない

主人だからと 忠実に 尽くしてもらえる わけでもないし

媚びへつらって 従順に 仕えてる 奴らはな

甘んじて 隷属状態 受け入れて

ご主人の ロバのよう 働いて

自分の命 使い尽くして 食い扶持_{ぶち}を もらうだけ

ところが 年を取ったなら ポイ捨てだ

馬鹿正直は 俺には不向き

やり方も 見た目にも 忠義な者を 装って
心の底は 自分のことだけ 考えている
そんな連中 いるのだからな
忠節という 名目の裏 私腹を肥やし
やることすべて 自分のためだ こういう者ら 気骨ある
はっきり言おう この俺は その一人
おまえの名 ロダリーゴ 疑う余地は どこにもないね
もし俺が ムーア人なら 俺はイアゴで ないはずだ
奴には尽くす 振りをして 自分にせっせと 尽くしてる
神様だけが ご存知だ
親愛の情 義務感が あるように 見えたとしても
その実は 俺さまの 利益のために やるだけだ
心の内を 外に見せたり したならば
記章を胸に 付けている 軍人のよう 馬鹿丸出しだ
俺の本性 外には出さぬ

ロダリーゴ

分厚い唇 持って生まれた あの男
物事を こんなにうまく 運ぶとは たいした運だ！

イアゴ

問題の 女の親を 叩き起こそう
ムーア 刺激し 追い立てて 奴の快楽 ブチ崩せ
奴の名前を 町中に 触れ回れ 親戚の 者たちを 怒らせろ
幸運に 恵まれて 奴はここまで 上り詰めたが
害虫に 侵されろ

奴の喜び 胸一杯と なっていようが

　苛立たせ 喜びの 明るい色を 脱色させろ

ロダリーゴ

　ここが彼女の 住む家だ 大声で 叫んでみよう

イアゴ

　怖がるほどに 大声で 叫ぶんだ

　真夜中で 警備が手薄に なってるときに

　人々の 密集地帯で 火事を見つけた ときのよう…

ロダリーゴ

　大変だ！ おーい ブラバンショ ブラバンショ おい！

イアゴ

　おーい 起きろ！ ブラバンショ閣下 泥棒だ！ 泥棒だ！

　家に注意だ！ 娘はいるか?! 財布の中身 確かめろ！

　泥棒だ！ 泥棒だ！

（二階にブラバンショ 登場）

ブラバンショ

　その恐ろしい 呼び声 理由は何だ？ 何が起こった?!

ロダリーゴ

　閣下 ご家族の 皆さま方は 全員揃い ご在宅です？

イアゴ

　ドアのロックは されてます？

ブラバンショ

何だって?! なぜそんなこと 聞くのだな?

イアゴ

　大事件です 泥棒に やられてますよ

　さあ急ぎ ガウンを召して お探しを!

　心臓が 破裂しますよ 魂の 半分も 失われ

　今ですよ たった今 年配の 黒い雄羊

　あなたの白い 雌羊と ヤッてるんです

　さあ起きて 立ち上がれ!

　鐘を鳴らして 高イビキ かいてる市民 呼び起こせ!

　さもないと 悪魔がきっと あなたに孫を 作ってくれる

　急いで起きろ! 今すぐに!

ブラバンショ

　どうかしたのか!? 気が狂ったか?!

ロダリーゴ

　閣下 私の声に 聞き覚え ありません?

ブラバンショ

　全くないな おまえは誰だ?

ロダリーゴ

　ロダリーゴです…

ブラバンショ

　なお悪い! 我が家の近く 徘徊するの 禁じておいた

　おまえには きっぱりと 言ってある

　わしの娘は おまえなんかに やらぬから

　夕食を 食べ過ぎて 酒をたんまり 飲み過ぎて

気でも 大きく なってきて それでいたずら 思いつき

わしの眠りを 妨げに 来たんだな

ロダリーゴ

いえ 閣下 そんなこと——

ブラバンショ

これだけは はっきりと 言っておく

わしの気持ちと わしの地位とが

黙っておまえ 見逃すことは ないからな

ロダリーゴ

お許しを 偉大な閣下

ブラバンショ

泥棒が 入ったと?! ここはヴェニスだ

わしの家 人里遠い 農家では ないからな

ロダリーゴ

最も偉大な ブラバンショさま 真心込めて 駆けつけました

イアゴ

ひどいこと おっしゃいますね 悪魔 あなたに 命令すれば

神にさえ 伝えるの やめるのでしょう

私らは あなたのためを 思ってここに 来ています

それなのに 私らを 悪党呼ばわり なさるのだ

どうもあなたは ご自分の 娘には

バーバリー産の 馬を夫に あてがって

---

2 北アフリカの地域。

お孫さん ヒヒンと鳴いて 生まれ落ち

子孫には 牝馬や駿馬 出産し

サルタンに 捧げるジェネット[4] 親族に なられるでしょう

ブラバンショ

何と下劣で 口汚い 男なんだ！ 誰だ！ 貴様は！

イアゴ

私はね ただ娘さん 今 ムーア人と 騎上位ごっこ

されてると 進言に 来たまでですよ

ブラバンショ

この悪党め！

イアゴ

あなたさま … 元老院の 議官さま

ブラバンショ

こいつのことも 責任は おまえにあるぞ

ロダリーゴ おまえのことは よく分かってる

ロダリーゴ

この私 責任は 取りましょう

でも 少し お聞きください

このことを ご存知なのか 分かりませんが

閣下自ら ご同意された ことならば いいのです

美しい お嬢さま 寝静まった この夜更け

---

3 イスラム教国の君主。

4 スペイン産の小型の馬。イスラム教の国家の君主に駿馬を提供していた。

ゴンドラの 船頭だけが お供になって
好色巨漢の ムーア人 その男に 抱かれてる
そのことを ご存知で お認めならば
私たち 大胆で 非礼なことを したことになる
しかし もし 閣下がこれを ご存知で ないのなら
道徳観に 照らし合わせて
私たち 不当なお咎め もらったことに なるでしょう
礼儀作法の 観点からも
私は 閣下を 愚弄とか 嘲ったりは しておりません
まだ許可は 与えられては いませんが
もう一度 言わせてもらう
お嬢さま 親に対して ひどい叛逆 されました
親への義務や 美貌や知性 将来などを
彷徨い歩く 浮浪者の 異国人にと 捧げるなどは
以ての外だ 今すぐに お調べを！
お嬢さま お部屋にか お家の中に いらっしゃるのか
確認を！
いらっしゃるなら このように 惑わせた罪
それに対して 国家の裁き 潔く 受けましょう

ブラバンショ

おい 灯りをつけろ ロウソクを 持って来い
家中の者ら みんなを起こせ！
この出来事は 夢で見たのと 全く同じ
その確信で もうこの胸は 張り裂けそうだ

灯りだ おい 灯りを早く！　（退場）

イアゴ

　ここでこうして いられない

　グズグズここに いたのなら

　ムーア人への 証人として 立たされる

　それ 立場上 都合が悪い

　このことで 奴には少し 汚点になるが

　国は奴なら 解雇できない

　キプロス戦争 始まって 存在感 高まっている

　この戦争を やり抜くほどの

　力量がある 人物が 他にはいない

　そういうわけで 地獄の責苦 受けるほど 嫌う奴だが

　目下のところ 必要に迫られて 親愛の印の旗を

　振っていなけりゃ ならないんだよ

　それ ただの お印だけだ

　追手の用意 整ったなら サジタリー館[5] 向かうのだ

　奴はそこに いるからな 俺も一緒だ

　では さらば　（退場）

　（松明を持った召使い

　ナイトガウンを着たブラバンショ 登場）

5　パブか旅館名 ギリシャ神話 ケンタウロス（上半身は人間で、下半身は馬の怪獣）に由来している。因みに "Sagittarius" は「射手座」。

14

ブラバンショ

　惨ましい ことだがな 本当だ 娘はいない

　わしの未来に 残されたもの ただ一つ 惨めさだけだ

　さて ロダリーゴ どこで娘を 見かけたか？

　不幸な子だな！ ムーア人 一緒だと 言ったはず

　父親になど ならぬもの なぜ娘だと 分かったか？

　娘がわしを 欺くなどは 考えられぬ！

　娘 おまえに 何と言ってた？

　もっと灯りを！ 親戚の者 皆(みな)起こせ

　もう二人 結婚したか？ どう思うのだ？

ロダリーゴ

　実際にもう なさったと …

ブラバンショ

　何てこと！ どうやって 抜け出した？

　家庭内での 謀叛だぞ！

　世の父親よ！ 娘の様子 見るだけで

　心 分かると 思うなよ

　若い娘の 心を奪う 魔法の薬 あるのかも しれないな

　ロダリーゴ そんな話を 読んだこと ないのかね？

ロダリーゴ

　はい 実際に ございます

ブラバンショ

　わしの弟 すぐに 呼び出せ

　娘 おまえに やっておいたら よかったな

おまえ達 こちらの道へ 別の者 あちらの道へ
ムーア人と 娘二人を 捕まえるには
どこに行ったら いいのかを 知っているのか?

ロダリーゴ

信頼できる 警護の方に ついて来て もらえれば
見つけられると 思います

ブラバンショ

頼むから 先導してくれ
軒並み みんな 叩き起こして 捜索だ
わしの命令 従うはずだ おい武器を持て!
夜警の者も 集めるのだぞ
さあ行こう ロダリーゴ おまえには 礼はする
(一同 退場)

第2場

サジタリー館の前の路上

(オセロ イアゴ 松明を持った従者 登場)

イアゴ

戦争で 人を殺しは しましたが
良心と いうものが ありますからね
平時の際に 計画的な 殺人などは できません

私には 邪心など どこにもないし
自分の得に なることと 分かっていても
悪いことなど できないのです
あの男でも 肋骨の下 このあたり
何度グサッと 刺してやろうと 思ったことか…

オセロ

そんなことなど してはならぬぞ

イアゴ

でも奴は 将軍に 対してですね
下劣であって 挑発的な 言動を 繰り返し
この私 聖人じゃ ないのですから
我慢の限度 超えそうに なりました
でも それよりも ご結婚 もうすでに 終えられました？
確かめるのは あの議官 大変な 人望があり
二票もの 投票権持つ 公爵と
同等の 影響力を お持ちです
彼はあなたを 離婚させるか 法の定めの 限りを尽くし
将軍に 圧力を かけてくるはず

オセロ

意のままに やらせておけば いいことだ
この私 政府に尽くした 功績がある
彼が発する 不満の声を 消し去るだろう
まだこのことは 誰も知らない ことだがな
自慢したとて 名誉なことだ

——時機を見て 公表いたす ことである——
実はこのわし 王族の血を 引いておる
それ故に この幸運を 得たことも
わしの値打ちに 見合うもの
イアゴ これだけは 言っておく
もし わしが デスデモーナを 心から
愛しては いなかったなら
広大な 海の幸やら この自由の身 投げ打って
家に籠って 束縛などは されるものか
おや あそこ あの灯り 何なのだ?

(キャシオ 松明を持った役人 登場)

イアゴ
起きてきた 父親と 供の者らだ
中にすぐ 入られるのが いいでしょう

オセロ
逃げ隠れなど するものか! 堂々と 立ち向かう
わしの才能 称号や 人格にても 引けを取ること 何もない
その連中か?

イアゴ
おやこれは 違うようです

オセロ
大公の ご家来と わしの副官

こんな夜更けに どうかしたのか？ 何か事件か？

キャシオ

大公が 将軍に ご面会 なさりたいとの ご要望です

オセロ

何の用事か 知っておるのか？

キャシオ

キプロス島から 何らかの 知らせが来たと 思われますが

きっと それ 至急の用事 ガレー船 次々と 入港し

多くの使者が 夜を徹して 来ています

多くの議官 起こされて もうすでに 大公の下

参集されて おられます

将軍も 大至急 招喚せよと ご命令

お宿には ご不在なので

元老院の 指令受け 将軍を 三方に分け

お探ししてた ところです

オセロ

見つけてくれて ありがたい

ほんの一言 奥で話が あるからな

それを済ませて すぐに行く （退場）

キャシオ

おい おまえ 将軍は こんな所で 何をなさって

いるのだい？

イアゴ

それがだな 将軍は 陸上で 宝船にと 乗船された[6]

そのお宝が 法に照らして 正当ならば

将軍は 財を成された ことになる

キャシオ

言ってることが 分からない

イアゴ

ご結婚 なさったんだよ

キャシオ

一体 誰と？

（オセロ 登場）

イアゴ

結構なこと——さあ将軍 行かれます？

オセロ

共に参ろう

キャシオ

あそこにも 別の一群 将軍を お探しで…

（ブラバンショ ロダリーゴ 松明を持った役人 登場）

イアゴ

6　原典 "boarded carack" 裏の意味「男女の契りを結んだ」。

ブラバンショだ 気をつけて！ 悪巧み あるのです

オセロ

おい そこで 止まるのだ！

ロダリーゴ

閣下 ムーア人です

ブラバンショ

泥棒だ！ 逮捕する！ （剣を抜く）

イアゴ

ロダリーゴだな さあ来い 俺が 相手だぞ！

オセロ

鋭く光る その剣を 鞘に収めろ 夜露が剣を 錆びさせる

閣下なら 武器などに 頼ることなく

年の功にて 相手屈伏 させる力を お持ちのはずだ

ブラバンショ

忌まわしい 泥棒め わしの娘を どこに隠した⁉

呪ってやるぞ 誑（たぶら）かしたな 我が娘

この世には 常識という 理（ことわり）がある

魔術によって 娘が心 奪われたので ないのなら

優しくて 美しく 幸せな 我が娘

結婚嫌い 同族の 裕福な カールの髪の 貴公子でさえ

断わっていた それなのに 親の庇護から 逃げ出して

世間の人の 物笑いにと なってまで

おまえのような すすで汚れた 黒い胸にと

飛び込むわけが あるものか――

恐れたからか！ 喜びなどで あるはずがない！
わしの言うこと 簡潔明瞭 誰にでも 分かること
おまえは娘 まやかしの 魔術を使い 誑かしたな
麻薬か毒か 使用して
繊細な 心や体 痺れさせ レイプした
わしは おまえを 糾弾するぞ
おまえなら やりそうなこと 簡単なやり口だ
それ故に わしは おまえを 逮捕する
世を腐敗させ 妖術使い 法を犯した 罪により
（役人に）奴を捕らえろ！ 抵抗したら 容赦は要らぬ

オセロ

わしの側（がわ） そちら側も 手を出すな
プロンプター[7]など いなくても
戦いの 初めなど 言われなくても すぐ分かる
罪の追及 抗弁するの どこに行けば いいのです？

ブラバンショ

牢獄だ 法の裁きが 即時なされる そのときまでは …

オセロ

言われる通り したのなら どうなるのです？
ヴェニス大公 国家の急務 告げるため
使者を 寄こして すぐに来るよう 命令を 出されています

役人

7　演劇で役者が台詞を忘れた場合、舞台の袖から台詞を教える人。

閣下これ 真実のこと 大公は 会議中です

閣下にも 呼び出しが かかっています

ブラバンショ

何だって?! 大公が 会議中⁉

この真夜中に！──この男 連れて行け

わしの事件も ただ事でない

大公自身 議官の仲間 他人事とは 思うまい

こんなこと まかり通れば 奴隷でも 異教徒でさえ

この国の 政治家に なれるだろう （一同 退場）

第３場

会議室

（大公 元老院 議官たち 役人たちは テーブルに着いている
従者たちが 立っている）

大公

これらの知らせ まちまちで どれ信じるか 戸惑うな

議官１

それぞれに 異なりますな 本当に

私の書面 敵の船 107隻と 書かれてる

大公

私のものは 140隻だ

議官2

　私のは 200隻と 記されている

　数字では 違いはあるが

　このような 報告は 概算で 言ってくる

　だが ここで トルコ艦隊 キプロスに向け

　攻め寄せてくる その点にては 一致している

大公

　そのように 考えるのが 順当だ

　攻撃自体 誤報だと 楽観視など してならぬ

　非常事態で あることに 違いはないぞ

水兵

　(奥で) 伝令だ！ 伝令ですぞ！ ご報告です！

役人

　ガレー船から 伝令ですが…

　(水兵 登場)

大公

　さて 内容は 何なのだ?!

水兵

　トルコ艦隊 ロードス島に 向かっていると 報告せよと

　アンジェロ閣下の 命令です

大公

　この変化 どう見て取るか？

議官 1

　理性的に 考えて ロードス島の 攻撃は 考えられず

　陽動作戦 取ったのでしょう

　トルコにとって キプロス島の 重要性は

　我々の 認識してる 事柄ですが

　そこの防備 ロードス島と 比較するなら

　軽微なので トルコには 格好の ターゲットです

　簡単に 手に入るもの 見過ごして

　危険で無益な 戦争に 打って出て

　一番の 重要事項 無視するほどに

　トルコ軍 無謀だと 思えませんが…

大公

　その通り ロードス島の 攻撃は ないと見た

役人

　また 次の 知らせです

　（使者 登場）

使者

　議官の皆さま ロードス島に

　向かい航行 継続中の トルコ艦隊

　後続の 艦隊を待ち 合流しました

議官 1

　予想通りだ 推定で 何隻ほどか？

使者

30隻の 増加です 合流の後 向きを変え

元の進路に 取って返して

明らかに キプロス目指し 航行を 再開しました

忠節で 勇猛な モンターノ 閣下より

援軍を 要請すると ご報告です

大公

では やはり 敵は確かに キプロス島を 攻撃するな

マーカス・ルシコス もうこの町に いないのか？

議官 1

今 彼は フィレンツェに

大公

わしからの 書面を作り 大至急 届けるのだぞ

議官 1

ブラバンショと 勇敢な ムーア将軍 参られました

（ブラバンショ オセロ キャシオ イアゴ ロダリーゴ

役人たち 登場）

大公

勇敢な オセロ将軍

キリスト教国 共通の敵 トルコ討伐 急務となった

すぐに出陣 願いたい

（ブラバンショに）お姿を 見なかったが よく来てくれた

今夜あなたの 助言と助力 必要だ

ブラバンショ

私も実は 大公の ご助言を お願いに 参った次第

このことをまず 謝罪して…

私が深夜 起きてきたのは 公の 立場でも

聞き及ぶ 国家の火急の 事件でも ありません

私個人の 悲しみが 堰を切り

激流のよう 溢れ出し 他の悲しみを 飲み込んで

私の心を 沈めたままに しているのです

大公

どうなさったか？

ブラバンショ

娘です ああ 私の娘！

一同

お亡くなりに？

ブラバンショ

そうなのだ 私にとって 娘 騙され 拉致されたのだ

妖術や いかさま師から 手に入れた 麻薬にて

欠点もない 正常な 精神が 奪われたのだ

大公

そのような 邪な 手段を用い あなたの娘 誘拐し

あなたから 奪った者が いるのなら

誰であろうと 厳しい法に 従って

思い通りの 厳しい処分 なされたらいい

たとえそれ わしの息子で あったとしても …

ブラバンショ

心から そのお言葉に 感謝しますぞ

その男 実はここへと 引っ立てました

国家の急務で 今 呼び出され

特別の 指令を受けた このムーア人 なのですが …

一同

何ということ⁉

大公

（オセロに）当人として 言うべきことは？

ブラバンショ

あるわけが ありません 申した通り

オセロ

権威あり 有力な 皆さま方よ

高貴であって 善良な 方々よ

この方の 屋敷から 娘さま 連れ出したのは 事実です

私たち 結婚しました

私の罪は 言われるならば それだけですね

この私 話しぶりなど ぶっきらぼうで

穏やかで ソフトな言葉 知りません

この腕に 力つき出す 7歳の ときからずっと

現在に 至るまで 9ヶ月間 ブランクは ありますが

戦場で 生きてきました

小競り合いとか 戦争に ついてなら 知っていますが

世間のことで 話すこと ありません

それ故に 自分を弁護 する言葉など

持ち合わせては おりません

しかし もし お許しが いただけるなら

私たち 二人の愛の 道筋を 飾ることなく

率直に お話しします

薬草や 呪文やら 妖術などを 使ったと

嫌疑など かけられて おりますが

結婚に 到った経緯 隠し立てせず 申します

ブラバンショ

わしの娘は 大胆でない 心穏やか 清純で

衝動的な 感情が 湧き起こるなら 赤面いたす

性質や 年齢のこと 国の違いや 評判や

あらゆることで 違いあるのに 見るだけで 鳥肌が立つ

そんな男に 恋をするなど あり得ない

それなどは 判断力が 麻痺してしまい

自然の掟に 逆らって

完璧なもの 過ち犯す それほどに 不自然なこと

なぜこんなこと 起こるのか 考えて みるならば

悪魔の所業 それだけが 答えだぞ

だから このわし 断定いたす

情熱を 掻き立てる 強力な薬草か

同じ効力 ある薬 妖術により 作り出し

それを娘に 与えたに 相違ない

大公

　一方的な 断定は 証拠には なりません

　表面的な 口実や 瑣末なことを あげつらう

　それだけで 彼を糾弾 するのは無理だ

議官 1

　オセロ将軍 お答えください

　間接的か 直接的に 若い女性の 愛情を

　邪な 手段によって 自分のものに したのであるか？

　それとも 二人 語り合い

　心と心 打ち解け合って そうなったのか？

オセロ

　お願いです サジタリー館へ どうか彼女を

　呼びにやっては いただけません？

　父親の いる前で 彼女自身に 証言させて やればいい

　その発言で 私に関し やましいことを 彼女が言えば

　頂いている 信頼と地位 剥奪される だけでなく

　この命 取られようとも 厭わない

大公

　デスデモーナを 招喚いたせ

オセロ

　そこの旗手 案内を 任せたぞ

　その場所は おまえ一番 よく知っておる

　（イアゴ 従者たち 退場）

　彼女がここに 来るまでに

心を込めて 天に向かって 真実を 告白し

皆さまに どのようにして この私

彼女の愛を 勝ち得たか 心を込めて お話しします

大公

話すがよいぞ

オセロ

彼女の父親 私のことを 気に入ってくれ

しばしば家に 招いてくれて

私の過去の 生き様に 耳を傾け

年代順に 私に起こる 野戦 城攻め

その中の 運 不運など お聞きにと なりました

幼少時代 皮切りに

話をしてる その時点まで すべてのことを 語ったのです

その際に 恐ろしい 災難や

海上と 陸上の 心ときめく 冒険や

危機迫る中 城壁の 割れ目から

間一髪の 脱出などを 話しました

その他に 非道な敵に 捕えられ 奴隷とし 売られたことや

身代金を 支払って 自由得たこと

放浪の旅の 体験談で 巨大な洞窟 不毛の砂漠

切り立った 断崖や 荒れた岩場や

天にも届く 山などのこと

その他に お互いを 食い合うという

人食い人種 アンスロポファジャイ

頭の位置が 肩の下 そんな人種の 話など
デスデモーナは 熱心に 聞き入って おりました
でも いつも 家の用事で 席を立ち
大急ぎ 仕事片づけ 戻ってきては
食い入るように 私の話に 夢中でした
そのことを 知っていた この私 折を見て
それまでは 切れ切れに 聞いていた 私の遍歴
一部始終を じっくりと 聞かせることに したのです
若い頃 この私 被った 悲惨な話に なりますと
彼女はどっと 涙 流して くれました
話し終えると お礼にと 思ってか 溜息を 大きくついて
誓いを立てる 仕草をし
「不思議なことね とっても不思議
かわいそう とっても哀れ」と 言ってくれ
それに続いて 「聞かなかったら よかった」とか
「神が私に そのような 男性と
誓い合わせて くれたなら」とか
言った後 彼女は私に 感謝をし こう言いました
「あなたの友で 私のことを 愛する者が いたのなら
あなたが言った 話を教え それを語って
求愛すれば いいのです」と
その言葉 私に勇気を 与えたのです
それで私は 愛を告白 したのです
私が耐えた 艱難辛苦で 彼女は私 慈しみ

愛おしく 思ってくれた その心故 愛したのです
魔法なら これが使った すべてです
ああここに デスデモーナが やってきた
彼女が語る 証言を お聞きください

（デスデモーナ イアゴ 従者たち 登場）

大公

我が娘さえ この話 聞いたなら 感動するに 違いない
ブラバンショ ひび割れたこと 取り返し つかぬもの
善後策 講じたほうが いいのでは
折れた剣さえ 空手などより いいものだ

ブラバンショ

娘が申す ことを是非 お聞きください
娘がもしも 自分からも 求愛したと 申すなら
私の為した 中傷に 呪いあれ！
デスデモーナ ここに来なさい
ここに列席 されている 方々含め
誰に対して 忠実で いなければ ならぬのか
分かっておるか？

デスデモーナ

お父さま ここに至って 私の心 二分されて おりますわ
お父さまには 生み育て 頂いた ご恩があります
それ故に お慕い申し 上げてます お父さまの 娘とし

ここまでは 従順の 限りを尽くして おりました
　　ところが今は 夫がいます
　　お母さまは お祖父さまより お父さまに
　　忠実に お仕えされて おられましたね
　　同じよう この私 主人となった オセロさまに
　　お仕えしたく 思っています

ブラバンショ

　　これで終わりだ もう何も 言うことはない
　　閣下 さあどうぞ 国事のことで ご議論を
　　子供など 生むよりは もらったほうが まだましだった
　　ここへ来給え ムーア殿
　　心を込めて この娘 おまえにと 与えよう
　　おまえのものに まだなって なかったら
　　何がなんでも 拒否しただろう
　　（デスデモーナに）おまえのお陰で
　　子供が他に いないのが 幸いと 気がついた
　　この駆け落ちで このわしは 暴虐となり
　　その者たちに 足枷を 掛けていたはず
　　閣下 私の用は 済みました

大公

　　このお二人を 助けるために
　　あなたがいつも なされるように
　　格言めいた 言い方を させていただく
　　状況が 改善すると いう見込み なくなれば

淡い希望に 決別すると 心にあった 不安消え去り
その状況に 適応できる ことになる
過ぎ去った 不幸にばかり 心囚われ 嘆いていると
次の不幸を 呼び込むことに なりかねん
我々が 保持できぬもの 運命が 奪い去るなら
忍耐するの 容易にとなる
失って 笑える者は 失うことを なくせる者だ
戻ってこない 損失に 嘆き暮らして いるならば
自分失う ことになる

ブラバンショ

もし そうならば キプロス島も 奪われて
笑っていれば いいのです？
奪われたこと 忘れてしまい…
心に重荷 背負わぬ者は
格言などは 心地良く 心に響く ものですが
悲しみの 重荷にあえぐ 者にとり
格言などは 重荷に重荷 重ねるようで
耐えきれません
このような 格言は 甘いし 苦い
両面があり どちらとも 解釈できる
要するに 言葉は言葉
傷ついた 心臓が 耳を小突いて 治ったなどと
そんな話は 聞いたこと ありません
何とぞ 議事を お進めください

大公

　　トルコ軍 強大な 艦隊を 編成し キプロス島へ 向かってる

　　オセロ将軍 キプロスの 兵力のこと

　　君が一番 よく知っている

　　有能な 代理総督 配しているが

　　世論は君に 全軍の指揮 任せるように 傾いている

　　新しい 幸運の 輝きを 汚すようにて すまないが

　　我が国の 命運握る この困難な 遠征に ご出発 願いたい

オセロ

　　威厳ある 議官の方々 習いは性と なるのです

　　戦場の 石や鋼の 寝床など

　　柔らかな 羽毛のベッドと 同じもの

　　困難に ぶつかると 自然に体 動きます

　　今すぐに 命令に 従って

　　トルコとの 戦争に 打って出ます

　　そのことに 関連し

　　妻のため 適切な ご配慮を お願いします

　　住む所 手当の支給 身の回りのこと 従者など

　　妻の身分に 相応しく…

大公

　　父上の 下でなら いかんのか？

ブラバンショ

　　それだけは お断り いたします

オセロ

　私もそれは 困ります

デスデモーナ

　私もそこに 住みたくは ありません

　父の目に 留（と）まる度 父の神経 逆撫でるはず

　大公閣下 今からここに 申し上げます 事柄を

　お聞きくださり

　至らない 私のことを 助けると お思いになり

　これを何とぞ お聞き届けを お願いします

大公

　デスデモーナ 何が望みだ？

デスデモーナ

　オセロを愛し 私は共に 暮らしたいと 願っています

　私の取った 突然の 行動は すぐに世間に 知れ渡ります

　この私 オセロの性質 軍人としての 人となり

　高い評価を しています

　私には オセロの顔に 心の内が 覗けるのです

　オセロの名誉 彼の武勇に 私の心と 運命を 捧げたのです

　戦場に 夫 赴（おもむ）き 私 残され 安易な日々を 送っていては

　愛の誓いも 虚しく響き

　彼の不在を 重い心で 耐えないと いけません

　どうか私も そこへ一緒に 行かせてください

オセロ

　その願い 何とぞ許可を 頂きたく 存じます

　天に誓って 申します 欲望を 満たすため

情熱を 求めての 願いなどでは ありません

もう この私 若くない

結婚し 夫としては 当然のこと 申しています

妻の願いを 叶えたく 思ってのこと

妻が一緒で あるからと

私が職務 怠ることは ありません

羽を生やした 恋の神 キューピッド

私が恋で 盲目になり 浮薄にも 任務遂行 忘れたならば

私の兜 飯炊き女に 鍋として 使用されても

我が名声に いかなる恥辱 与えられても

一切 苦情 申し上げたり いたしません

大公

そのことは 自分で決めて よいからな

残すにしても 連れて行っても

事態は急を 要することだ 時間的 余裕はないぞ

議官 1

今夜には ご出発願いたい

オセロ

承知しました

大公

明朝 9 時に 再びここに 集まってくれ

オセロ 誰か士官を ここに残して 行ってくれ

その者に 後で辞令を 届けさす

君の地位 職権に 関しても …

オセロ

では 閣下 旗手を残して 出発します

正直で 信頼できる 男です

妻も彼にと 託して島へ 護送させます

閣下が後で 必要と思われたこと

この男にと お命じください

大公

その段取りで 事を運ぶぞ では 諸君 とりあえず 散会だ

なあ ブラバンショ 美徳には 美が備わって いるのなら

あなたの家の 娘婿 黒い色だが

美において 抜きん出ている

議官1

では これで 勇壮な オセロ将軍

奥さまを お大事に

ブラバンショ

見る目があると いうのなら

その女には 気をつけなさい オセロ将軍

父親を 騙したからな 次の番 おまえかも

（大公 議官たち 役人たち 退場）

オセロ

妻にある 誠実さなら この命 懸けてもいいぞ

正直な イアゴ

デスデモーナを おまえに託し

ここを去らねば ならぬのだ

おまえの奥さん お付きになって もらえぬか？
一番 都合 良いときに 二人を連れて 来てくれないか？
デスデモーナよ 話し合い 用事を済ませ 指示を出すのに
持てる時間は 一時間だけ 時刻が来れば お別れだ
（オセロ デスデモーナ 退場）

ロダリーゴ

イアゴ?!

イアゴ

何の用？

ロダリーゴ

この俺が 何をするのか 分かってるのか？

イアゴ

分かってる 簡単なこと 家に帰って 寝るんだろう

ロダリーゴ

俺は今すぐ 身投げする

イアゴ

もしおまえ そんなこと しでかしたなら

俺の手間は 省（はぶ）けるな しかし 馬鹿だな おまえって奴

ロダリーゴ

生きるのが 苦しみなのに

生きてるなんて 馬鹿丸出しだ

死が我々の 内科医ならば

我々が 手にするものは 死ぬための 処方箋

イアゴ

　ああ 何て奴！ この俺は 7 年間を 4 回も

　早く言うなら 28 年 この浮き世

　じっくりと 眺め回して

　損と得とが 分かるようにと なってはきたが

　自分のことだけ 考える奴

　まだお目に かかったことが ないんだな

　娼婦一人の 愛が取れずに 身投げするなど 言うのなら

　人間稼業 やめてしまって ヒヒ[8]にでも なればいい

ロダリーゴ

　この俺は どうしたら いいんだよ?!

　こんなにも 夢中になって 恥ずべきなのは 分かってる

　でも これだけは どうしようも ないんだよ

イアゴ

　どうしようも ないなんて くだらぬ奴だ！

　ああだとか こうだとか 自分で決める 事柄だ

　我らの体「庭」なんだ

　我らの意志が「庭師」なんだな

　そういうわけで イラクサを 植えようと

　レタスの種を 蒔こうとも

　ヒソップ[9]植えて

―――――――――

8　「愚かさ」の象徴。

9　シソ科の半常緑低木で、ハーブの一つ。ミントに似た香り。花言葉「清楚」。

タイム[10]抜こうと

ハーブはすべて 一種類 あるいは みんな ばらばらで

放っておいて 枯らしてしまう

また逆に 丹精込めて 実らせる

こうしたことを 決める力や 対応力は

すべて我らの 意志にある

人間は 官能と 釣り合いを取る 理性があって

それで初めて 人間となる

そのバランスを 逸したならば

我々の 本性が 剥き出しになり

悍ましい 結果生じる こととなる

理性によって 燃え立つ激情 冷却し

官能の牙 削ぎ落とすのだ

おまえが思う 愛などは 大木にとり 枝葉末節

ロダリーゴ

そんなこと ないと思うが…

イアゴ

愛なんて 官能的な 欲望で 意志の欠陥 示すもの

なあ ロダリーゴ いい加減 男らしく なれないのかい!?

身投げする? 猫か子犬を 溺れさせれば いいことだ

俺はおまえの 友達だって 言ったよな

おまえとは しっかり綱で 結ばれている

10　シソ科の草状の低木で、ハーブの一つ。古代エジプトでミイラを
　　作る際に、防腐剤として用いられた。花言葉「勇気・活動性」。

今ほど俺は おまえにと 尽くしたことは ないはずだ

財布に金を 一杯に 詰め込んでおけ

戦争に ついて来るんだ 付け髭で 顔を変えてな …

よく聞けよ 財布に金を 一杯に 詰め込んでおけ

デスデモーナが いつまでも

ムーア人など 愛してるとは 思えない

財布に金を 一杯に 詰め込んでおけ

ムーア人さえ 同じこと

彼女には 衝撃的な 始まりだった

いずれ分かるが それに見合った 別れとなろう

財布には 金だけを 一杯に 詰め込んでおけ

ムーア人 移り気なんだ

金を財布に 一杯にまで 詰め込んでおけ

ムーアにとって 目下のところ

デスデモーナは 甘美な味の ローカスト[11]

だが いずれすぐ

あの女 コロシント[12]にと なるだろう

ムーアの体に 飽きてきたなら

あの女 若い男に 乗り換えるのに 決まってる

自分の選択 間違ってたと 気づくだろうよ

11　地中海付近のフルーツ。(イナゴマメ)［植］やスイカズラ［植］
　に似ている。

12　キプロス島などで栽培される小型のスイカのようなフルーツ。果
　肉は強烈な酸味があり、薬用として下剤に用いられる。

そのときのため 財布に金を 一杯に 詰め込んでおけ
もしおまえ 自殺するなら 溺死より
ましな死に方 考えて おくことだ
できる限りの 金を集めろ
放浪の 野蛮人と 狡猾な ヴェニス女の
神聖で 脆い誓いは 知恵ある俺と 地獄の悪魔
寄ってたかって ちょっかい出せば どうにでもなる
そうなりゃ おまえ あの女 楽しめるんだ
だから 金 用意しておけ
身投げなんて クソ食らえ 問題外だ
あの女 知らずして 溺れ死ぬより
どっぷりと 楽しんでから
縛り首でも なるほうが まだましだろう

ロダリーゴ

この件で あんた頼りに していたら
俺の望みを 叶えてくれる？

イアゴ

任せろよ さあ 金を 集めてこいよ
これまでも 何度も言った ことだけど
何度でも 繰り返す 俺はムーアが 大嫌い
その原因は 心の中に グッサリと 刺さってる
おまえにも 俺に劣らず それなりのわけ あるはずだ
奴に対する リベンジで 手を組もう
おまえが奴の 妻を寝取れば

おまえには 快楽で 俺にとっては 気晴らしになる
時という 子宮の中で 多くのことが 起こった後で
いずれは結果 生まれくる
さあ 前進だ 金の用意を してこいよ！
このことは また明日 話そうぜ じゃあ またな

ロダリーゴ

朝ならどこで 会うんだい？

イアゴ

俺の家で

ロダリーゴ

朝早く 行くからな

イアゴ

さあ 行きな！ 聞こえたか？ ロダリーゴ

ロダリーゴ

何て言ったか？

イアゴ

もう身投げ やめろよな

ロダリーゴ

気が変わったよ 僕の土地 みんな売る　　（退場）

イアゴ

こうやって 俺はいつでも 馬鹿の財布を 手に入れる
こんな馬鹿 相手にし 時間を無駄に 使うなら
俺の経歴 ケチがつく
だが俺の 気晴らしと 利益にも なるのなら

まあそれもいい
俺はムーアを 憎んでる
それに奴 俺の代わりに 俺のベッドで
俺がするべき 妻への務め やってるという 噂だし
本当なのか どうなのか 真偽のほどは 分からぬが
こうしたことの 疑いは 信じることに してるから
奴は この俺 信用してる 目的が 達成されると
それだけ奴に ダメージが あるだろう
キャシオは見かけ ハンサムだ
それでだな キャシオの地位を 手に入れて
俺の思いを 遂げたなら キャシオとオセロ 一挙打倒だ
どうやるか… その仕方…
しばらく経って オセロの耳に キャシオが特に
奴の妻には 親し過ぎだと 言ってやる
キャシオなら 風采良くて 人あたり 柔らかだ
勘違い されやすい 女をハメる 嫌疑がかかる 身のこなし
ムーアときたら 率直で 大らかな 性質だ
見ただけで 人々は 正直と 思ってしまう
ロバのよう 鼻先掴み 易々と 引き回せるな
分かったぞ！ 悪は生まれた！
地獄と闇が この壮大な 企てを 世に送り出す
（退場）

第 2 幕

キプロス島の港 波止場近くの広場

（モンターノ 紳士 1 & 2 登場）

モンターノ
　岬から 海を見て 何か見えるか？
紳士 1
　全く何も 見えません 高波が 逆巻いてます
　空と海との 間には 帆影一つも 見えません
モンターノ
　陸でも風が 激しくなった
　城壁に あれほど強く 吹きつけるのは 初めてだ
　海でこれほど 荒れたなら
　どれほど硬い 竜骨さえも 持ち堪えると 思えない
　何か情報 入ってきたか？
紳士 2
　トルコ艦隊 バラバラに なった様子 …
　波しぶき立つ 海辺に行くと

風の鞭受け 猛り狂った 大波が

　　雲を懲罰 するが如くで 強風に 煽(あお)られた 波しぶき

　　輝き渡る 小熊座に 降りかかり

　　定位置にある 北極星を 守ってる

　　星たちの 光をすぐに 掻き消して しまいそうです

　　これほどの 狂暴な海 見たことが ありません

モンターノ

　　トルコ艦隊 湾にでも 待避したので ないのなら

　　確実に 難破してます

　　この大嵐 乗り切って 持ち堪えるの 不可能ですね

　　（紳士3登場）

紳士3

　　皆さま これは 朗報ですぞ 戦争は 終わったのです

　　無敵の嵐 トルコ艦隊 壊滅させて

　　遠征の 続行は できなくなった 模様です

　　ヴェニスから来た 味方の船が 敵の艦隊 大半が 破損して

　　動きとれなく なっているのを 目撃したと 情報を

　　寄せてきてます

モンターノ

　　何だって?! 本当か⁉

紳士3

　　もうその船は 入港を 済ませています

ヴェローナ所属の 船であり

勇敢な オセロ将軍 その副官の

マイケル・キャシオと いうお方 ご着任 されました

将軍自身 今もって 海上ですが

全権を 委任され キプロス島を 目指しつつ 航行中です

モンターノ

歓迎すべき 知らせだな 総督として 相応しい 人物だ

紳士3

だが このキャシオ トルコ艦隊 損害の件 話すとき

安堵の様子で あったのが 将軍の 話題になると

顔色を変え その無事を 祈られました

お二人の船 激しい嵐 起こる中

お互いを 見失ったと いうのです

モンターノ

ご無事をここで 祈りましょう

この私 将軍に 仕えたことが あるのです

彼は立派な 武人です さあ 海岸へ 行きましょう

港に着いた 船を見て

海の青さと 空の青さが 交わるぐらい 遠くまで

じっと見つめて オセロ将軍 待ちましょう

紳士3

では 行きましょう

一時も 目を離さずに さらなる船の 到着を 待つのです

49

（キャシオ 登場）

キャシオ

要塞の島を 守られている 勇者の方々
ありがとう ございます
また 将軍を 賛美いただき 感謝します
ああ天よ 大自然の 猛威から
将軍を どうかお守り くださるように！
危険な海で 将軍と 別れ別れに なりました

モンターノ

将軍の船 充分な 装備なされた ものですか？

キャシオ

頑丈な船 操縦する者 評判も良く 経験豊富
だからといって 安心しきる わけにもいかず
絶望でなく 希望を高く 持っております
（奥で「船だ 船だ 船が見えたぞ！」の声）

（使者 登場）

キャシオ

あの声は？

使者

町はもう 空っぽですよ 海辺にて 鈴なりの 人だかり
「船だ！」と 騒ぎ 叫んでいます

キャシオ

総督の 船だと いいが…　（大砲の音）

紳士 2

礼砲ですね 味方の船だ

キャシオ

どうか港に 行ってみて 誰が着いたか 確認を

紳士 2

承知しました　（退場）

モンターノ

お聞きしますが 副官殿 将軍は ご結婚 されたのですか？

キャシオ

幸いなこと 噂に上る 絶世の美女 娶られました

それはもう 筆舌に 尽くせぬほどの 美しさ

女性としての 完全無欠の お姿ですね

（紳士 2 登場）

どうでした？ 着いたのは誰？

紳士 2

将軍の旗手 イアゴです

キャシオ

良い潮に乗り 快速船と なったのだ

嵐 高波 うなる風 海に潜んだ 岩場や浅瀬

それぞれが 美意識を 持つかのように

生まれ持っての 死に誘う 気性を抑え

神が造った デスデモーナを

安全に 通してくれた ようですね

モンターノ

デスデモーナとは 誰のこと?

キャシオ

今 お話しした 女性です 将軍の奥さまで

大胆不敵な イアゴの護衛で 来られたのです

予想より 七日（なぬか）も早い ご到着

ああ神よ 将軍を お守りください

あなたの息吹 強く吹き 将軍の 船の帆を 孕（はら）ませよ

威風堂々 その船が 港町 祝福し

デスデモーナの 腕の中 愛の囁（ささや）き 交わされて

我々の 萎縮した志気 火と燃えさせて

キプロス島に 本来の心地良さ 回復を お願いしたい

（デスデモーナ イアゴ ロダリーゴ エミリア

従者たち 登場）

船の宝が お着きになった

キプロスの 方々よ 跪き 天からの 贈り物

総督夫人 お迎えください

ようこそ ここへ 神の祝福 あなたの上に

身の回り すべてにも 降り注ぐよう 願っています

デスデモーナ

　ありがとう 雄々しいキャシオ

　主人のことで 何かお変わり ありました？

キャシオ

　まだご到着 なされていない

　消息も 掴んでは おりません

　でもきっと 無事な姿で 来られるでしょう

デスデモーナ

　ああ 心配なこと なぜ別々に なられたのです？

キャシオ

　空と海との 激烈な 諍いで

　引き裂かれ 別れ別れに なりました

　（奥で「船だ！ 船だ！」の声 大砲の音）

　聞こえたか?! 大砲の 音がする

紳士２

　要塞には 祝砲だ 味方の船の ようですね

キャシオ

　何があったか 見に行って もらえます？（紳士２ 退場）

　旗手のイアゴよ よく来てくれた

　（エミリアに）歓迎します 気分害しは しないでほしい

　この大胆な 礼儀作法は フィレンツェ生まれの

　僕にとっては 慣例なんだ（エミリアの頬にキスをする）

イアゴ

　妻が俺に ガミガミと がなり立てるの 同じほど

頻繁に キスをしたなら
　　もうやめてくれと 思うだろう

デスデモーナ

　　あら エミリアは そんなにも 口数は 多くないわ

イアゴ

　　いえいえ 妻は しゃべり過ぎです
　　俺が眠たく なったときでも 話をやめて くれないのです
　　奥さまを 前にして 言いにくい ことですが
　　俺が思うに 言いたいことは 胸にしまって
　　口に出さずに ブツクサと 鬱憤を 晴らしてる

エミリア

　　そんなこと 言われる筋合い 何もないわよ

イアゴ

　　いや とんでもないね あり過ぎる
　　外に出たなら おまえなんかは 絵のように 口は利かない
　　居間の中では キンコンカンと 騒音出して 癪に障る
　　台所では 使用人には ガミガミ 悪女
　　悪巧みなど 聖女のような 顔でする
　　怒らすと 悪魔にと 変身だ
　　家事のことなら 遊び人 ベッドに入りゃ 働き者だ

デスデモーナ

　　まあ何てこと おっしゃるの お口が悪い

イアゴ

　　いえ 本当なんで 嘘ならば この俺は 異教徒だ

（エミリアに）おまえなんかは 起きるのは 遊ぶため
ヤルために 寝るんだからな

エミリア

貶すことしか 知らないんだね

イアゴ

まあ そんなところだ

デスデモーナ

私のことを 褒めるなら どう言うつもり？

イアゴ

奥さま それは ご勘弁
他人の非難の こと以外 全くの 能無しで…

デスデモーナ

試みたなら できますわ
誰か港に 行ってくれたの？

イアゴ

はい 行かせましたが

デスデモーナ

〈傍白〉浮かれた気には なれないけれど そう振る舞って
不安な気持ち 見せないように しなければ
（イアゴに）さあ 褒めてみて

イアゴ

やってみましょう
でも 鳥もちが ウールの布に くっついて 離れぬように
なかなか声に 出てこない

無理矢理 出せば 脳の中身も 引き連れて 出てきそう …
あっ 言葉の女神 産気づき 生まれましたぞ
　　もしあなた 美しく 賢明ならば
　　美と知恵は 友となり
　　一つは隣 隣は隣の 手を取るなり

デスデモーナ

お上手ね では 肌が黒くて 賢明ならば？

イアゴ

色が黒くて 知恵あるのなら 黒に似合うは 白人[13]ですね

デスデモーナ

あまり上手と 思えませんね

エミリア

美しいのに 馬鹿だったなら？

イアゴ

美しい 女には 馬鹿はいません
バカな真似して 夜のトリにと なったとしても[14]
アト始末 ちゃっかりしてて アトトリを生む

デスデモーナ

居酒屋で バカな人たち 笑わせる

使い古しの 駄洒落ですね

醜くて 馬鹿だったなら ひどいこと 言われそうだわ

イアゴ

13　原典 "white" の同音異義語の "wight"「人」とのシャレ。

14　夜鷹（江戸時代？ 路上で客を引く売春婦）。

56

　醜くて それに加えて 馬鹿だとしても

　美人で賢い 人と同じで 悪ふざけなら やってます

デスデモーナ

　まあ何てこと おっしゃるの？

　最悪のもの 褒められるのね

　本当に 価値ある女性――徳の効果で

　悪意さえ 善意に変える 人のこと――

　現れたなら どのように 讃えるのです？

イアゴ

　そうですね 美しく 誇ることなく

　言葉巧みに 使い分け 大声出さず

　裕福であれ 華美にもならず 願う望みは 控え目で

　言うときは「お願いが あるのですが」と 慎ましやかで

　叱責受けて 言い返すこと できたとしても

　それは抑えて 不快感など 心から 追い払う

　つまらぬ物の 良い部分と 良い物の つまらぬ部分

　取り替えるほど 知恵が回らぬ 人でなく

　思慮深く 心明かさず 言い寄る者に 見向きもせずと

　このような 女性こそ 理想像

　――そんな女性が いたならば――

　<ruby>儚<rt>はかな</rt></ruby>い夢で…

デスデモーナ

　そういう人は 何をしてるの？

イアゴ

赤ん坊に 授乳をしたり 家計簿を つけたりと …

デスデモーナ

説得力なく つまらない 結論ですね

エミリア この人は あなたの夫

でもあまり まともに聞くの よくないかもね

ねえ キャシオ あなたは彼を どのように 思っているの？

とても下品で 不道徳な 護衛の方ね

キャシオ

この男 ずけずけと 物を言います

学者とは 思わずに 兵士扱い すればいい

（キャシオとデスデモーナ 舞台の脇に退く）

イアゴ

〈傍白〉見ろ あいつ 女の手 握ったぞ

上出来だ ほら 今は 囁いている

このちっぽけな クモの巣で

キャシオという 大きなハエを 捕まえる

ほら あの女 微笑んでいる

フィレンツェ風の その礼儀への お仕置きで

おまえには 足枷を はめてやる

——おまえが言うの その通り 実際そうだ！——

自分の指を 口に当て キスをして[15]

紳士気取りを しているが

15　貴婦人の前に出たときの礼式。貴婦人の手に触れた指（人差し指、中指、薬指）に自分の唇を触れる仕草。

そのことで 副官の職 取り上げられる ことになる
なんだ また やってるのかい 勝手にしやがれ
あれがその 礼儀作法だ 指をまた 唇に …
浣腸器でも 突っ込めばいい！
（トランペットの音）ムーア将軍！
将軍の トランペットに 間違いはない

キャシオ

その通り！

デスデモーナ

お迎えに 参りましょう

キャシオ

ああ もう お見えです

（オセロ 従者たち 登場）

オセロ

ああ 麗しの 我が戦士！

デスデモーナ

愛しいオセロ

オセロ

わしより先に ここに来ている おまえに会えて
思いもかけぬ 喜びであり 感激だ 心の底から 嬉しく思う
嵐の後に このような 静けさが あるのなら
死者起こすまで 風吹けばいい

苦しむ船が オリンポスの 山ほど高く

海の波にと 持ち上げられて 天から地獄 落ちるかのよう

逆落しに あったとしても 構わない

今 死ぬのなら 幸せの 絶頂のとき かもしれぬ

わしの魂 絶対的に 満ち足りて

これほどの 幸せは まだ見ぬ 未来に

もう二度と 味わえないと いう気がするぞ

デスデモーナ

私たち 包む愛 喜びなどは 日を重ねれば

益々増えて いくでしょう

オセロ

天の神々 そのように 祈っています

満ち足りた 今の気持ちは 言葉には ならぬのだ

(胸に触れ) ここにつかえて 出ないのだ

喜びが 大き過ぎ…

我々の 胸の動悸が 最大の 不協和音だ

さあ これだ （二人はキスをする）

イアゴ

〈傍白〉今のところは 調子は合って いるようだ

だが俺は いずれ そのうち ピンを弛めて

音の調子を 狂わせて やるからな

この俺は 正直者で 通ってる

オセロ

さあ 城へ 行きましょう 良い知らせです 皆さま方よ

戦争は なくなりました トルコ艦隊 沈没ですぞ

この島の 旧友たちは 元気でいるか？

デスデモーナよ おまえはきっと キプロス島で 歓迎される

わしも随分 お世話になった

おや これは 取り留めのない 話をしてる

幸せ過ぎて この頭 混乱してる

おい イアゴ 港に行って わしの荷を 降ろしておけよ

その後で 船長を 要塞に連れて きてくれないか

立派な男 なのだから 丁重に もてなすように

さあ 行こう デスデモーナ

よくキプロスに 来てくれた ありがたく 思っておるぞ

（イアゴ ロダリーゴ以外 退場）

イアゴ

（出て行こうとする従者たちに）港にて 待っていてくれ

（ロダリーゴに）こっちへ来いよ

おまえにもしも 勇気あるなら …

世に言われてる 恋をしたなら 男はみんな

男らしさが 際立つと

よく聞けよ 副官は 今夜は警備で 詰め所にいるぞ

まずこれだけは 言っておく

デスデモーナは 確実に 奴に惚れてる

ロダリーゴ

あの男にか？ 嘘だろう 信じられない

イアゴ

（唇に指を当て）おまえの指を ここに置き

俺の話を 黙って聞けよ

覚えておけよ あの女 衝動的に

ムーアなんかに 惚れたんだ

奴の語った 自慢話や 架空の話 聞かされて

ホラ吹き話 そんなもの 今すぐに 吹き飛んじまう

常識が あるのなら 分かるはず

あの女にも 目の保養 必要だ

悪魔見続け 何の保養が あるものか

体の火照り 冷めてきたなら

新しく欲望を 燃え立たせるに

美形の顔や 同年代で 作法 美意識 共有できる 男が必須

そのすべて ムーアには 欠けるもの

共有すべき 資質の欠如 そのために

彼女備える 繊細な 優しさが 踏みにじられて

胸の内には 不満 鬱積 し始めて

ムーアのことに 嫌悪感 感じ始めて 悍ましくなる

そうなると 本性が 現れて 別の人 探し始める

よく考えろ この条件が 整うと 階段で いうのなら

キャシオほど 上段に立つ 男はいない まず 口が立つ

見せかけだけの 礼儀作法で 良心の 欠片さえない

好色で 不潔な 情欲 隠し持つ あいつ以外に 誰がいる?!

問題は あの男！ 抜け目がなくて 狡猾だ

絶好の 機会を狙い 機会がなけりゃ 自分自身で 作り出す

悪魔的 人間だ それにだな 奴は若くて イケメンで
世間知らずの バカな女が 欲しがりそうな 必須条件
完璧に 備えてる 有害な 人物だ
それなのに あの女 もう奴に 目をつけている

ロダリーゴ

彼女がそうと 信じられない
彼女には 神が与えた 良き気質 備わっている

イアゴ

神が与えた 気質だと?!
あの女 飲むワイン その辺に
転がっている ブドウから できている
神様と 繋がってるなら ムーアなんかを 愛するわけが
ないだろう! 間抜けな奴だ
あの女 ムーアの手 優しく撫でて いるところ
見なかったのか? 気づかなかった?!

ロダリーゴ

ああ見たよ でも あれは 普通のことだ

イアゴ

いや 絶対に 淫らな行為
欲望の 歴史やら 邪悪な思いの 物語
その前書きで 序幕に当たる ものなのさ
あの二人 唇と唇が 寄り添って
息と息とが 抱き合っていた
悪党らしい やり口だ そうだろう ロダリーゴ

この親密さ 先駆けで リハーサル

次に来るのは 契りを結ぶ 本番だ

何てこと！ おい 俺が 言う通り するんだぞ

ヴェニスから おまえを連れて 来てやったのは この俺だ

今晩は 寝るんじゃないぞ 俺の指図に 従うのだぞ

キャシオは おまえ 知らないからな

適当な距離 保って 俺は そばにいる

何か工夫し キャシオの奴を 怒らせろ

大声を 出して騒ぐか

軍人としての 能力に ケチをつけるか

何だって 構わない 臨機応変 それが肝心

ロダリーゴ

よし 分かったぞ

イアゴ

奴はなあ 軽率で 怒りっぽいぞ

ひょっとして 殴りつけるか 分からない

挑発しろよ それを契機に この俺は

キプロスの 連中を 焚き付けて 騒動を 起こさせてやる

その連中の 暴発を 食い止める 唯一の 方法は

キャシオの罷免 だけとなる この計画を 推し進めれば

おまえの欲望 叶えられる日 近くなる

障害が なくならないと 俺たちの 成功の 見込みはないぞ

ロダリーゴ

成功の チャンスあるなら やるからね

イアゴ

　保証する じゃあ 後で 要塞で会おう

　この俺は 奴の荷物の 陸揚げだ では またな

ロダリーゴ

　さようなら　（退場）

イアゴ

　キャシオがあれに 惚れているのは 確かなことだ

　あの女 キャシオ愛して いることも

　あり得ることで 説得力が あることだ

　ムーアの奴は 我慢ならぬが

　誠実で 情が深くて 高潔な人物だ

　あえて言うなら デスデモーナの 理想の夫と なるだろう

　さて問題は この俺も

　デスデモーナを 愛してる ことなんだ

　情欲だけじゃ ないからな

　ひょっとして そうかもしれん …

　本当は 復讐心に 駆られてるんだ

　あの好色の ムーア人 俺のベッドに もぐり込み

　俺の妻 寝取ったという 疑いが 心にあって

　毒を盛られた 人のよう 内臓が 煮えくり返る

　やられたら やり返す

　そうでないなら 俺の怒りが 収まらん

　目には目を 妻には妻を！

　それが無理なら ムーアの奴を 嫉妬の海で 溺れさす

そのために ヴェニスの馬鹿を けしかけて
襲わせようと 今のとこ 繋ぎ止めてる
解き放ったら マイケル・キャシオを 仕留めてやるぞ
奴にキャシオの 悪口を 吹き込んでやる
キャシオさえ 俺の妻 寝取ったという 噂あるから
ムーアには 俺には礼を 言わさせておいて 気に入らせ
ご褒美を 出させるように 仕向けるからな
奴には俺が 奴のこと ロバにして 乗り回し
穏やかな 安らぎを 混乱させた お礼 いただく
（額を手で叩き）考えは ここにある
だが 筋道が 立ってない 悪巧み 実相などは
その正体が 現れるまで 見えないものだ　（退場）

第2場

路上

（伝令官 登場）

伝令官

勇敢で 高潔な オセロ将軍
発表された 宣言を 布告しますぞ
トルコ艦隊 全滅の 確実な 情報入り
各個人 それぞれに 勝利を祝い

かがり火を焚き それを囲んで 踊って遊び
思いのままに 楽しまれると 良いとのことで
戦勝の 祝いに加え 将軍の 結婚の 祝賀もあって
将軍の 名において 次のこと 発表が ありました
今の5時から 鐘が鳴る 11時まで 飲食無料 ご自由に
キプロス島と 将軍に 神の祝福 ありますように！ （退場）

第3場

城内

（オセロ デスデモーナ キャシオ 従者たち 登場）

オセロ

　キャシオ 今夜の警備 任せたぞ
　楽しむことも 限度わきまえ
　行き過ぎること ないように 注意してくれ

キャシオ

　イアゴにすべて 任せています
　でも この私 自分の目にて 確認します

オセロ

　イアゴなら 信頼できる
　明日の朝 極力早く 会って話が したいのだ
　（デスデモーナに）さあ 行こう

結婚の 儀式は済んだ 結婚を 完全に 成し遂げて
その喜びを 分かち合おうぞ (キャシオに) では おやすみ
(オセロ デスデモーナ 従者たち 退場)

(イアゴ 登場)

キャシオ

ちょうど今 待っていた ところだったぞ
イアゴ さあ 夜警に行こう

イアゴ

副官 少し 早過ぎません？ 今はまだ 10時前です
将軍は デスデモーナが 愛しくて 早々と 退出された
少しぐらいは 夜警が遅く なっていようと
叱責は ないでしょう
将軍はまだ 一晩も 彼女とは ご一緒に 過ごされてない
ジュピターでさえ 愛を求めて おかしくはない
素敵な女性 ですからね

キャシオ

非のつけどころ どこもない 素晴らしい 女性だな

イアゴ

はっきり言って 男心を 誘い込む

キャシオ

---

16 ローマ神話 宇宙や天候を支配する正義と慈悲の神であるが、（子
　孫を増やすために？）多くの女性と関係を持つ。

68

　本当に 初々しくて 上品な 女性だな

イアゴ

　あの目はスゴく 挑発してる

キャシオ

　その目には 引き込まれそう でも 慎み深い

イアゴ

　話をすると その声は 恋 目覚めさす 朝の鐘

キャシオ

　完璧な 女性だな

イアゴ

　二人の夜に 祝福を！

　さあ 副官 ワインの用意 できてます

　キプロスの 紳士が二人 今 外で

　将軍の 健康祝し 一杯やろうと 待ってます

キャシオ

　今夜はだめだ 僕は酒には 弱いんだ

　他の何かの 祝い方 ないのかい？

イアゴ

　だって みんなは 仲間です

　ほんの一杯 だけにして 後は この俺 飲んであげます

キャシオ

　正直言うと その一杯は 飲んできた

　それもこっそり 水で薄めて

　ところが それが どんな変化を 起こしたか

見てみるがいい

（頭を叩いて）僕の弱みは これなんだ

この弱み さらに弱くは したくない

イアゴ

情けない それでも男 なのですか？

お祝いの 夜ですよ みんなが あなたを 待ってます

キャシオ

どこにいるのだ？

イアゴ

ドアの外です お願いだから 入れてやっては くれません?!

キャシオ

気が進まぬが そうしよう　（退場）

イアゴ

今夜 奴は もうすでに 一杯飲んで いる上に

さらに続けて 飲ませたら

若い女が 連れ歩く 犬のよう

ギャンギャンと 吠え立てるはず

さて もう一人 デスデモーナに 恋狂い ロダリーゴだが

今夜こそ 大酒飲んで 楽しんで その後に 夜警に出るぞ

その他に キプロスの 三人の 若者が

自分の名誉 傷つかぬよう 気をつけて

意気揚々と やってくる

彼らには 酒をもう 浴びるほど 飲ませてやった

そいつらも 夜警になるぞ

　酔っぱらいに 囲まれて キャシオには 大騒ぎ してもらう
　ああ 奴が やってきた

　（キャシオ モンターノ 紳士たち 登場）

　もし結果 思い通りに いったなら
　　風も良く 潮も良く 万々歳と なるだろう

キャシオ

　もうだめだ 大酒を 飲まされた

モンターノ

　大げさなこと 小さなコップ 1パイント¹⁷も
　入っては いませんね 名誉に懸けて 嘘はない

イアゴ

　おい酒だ！　（歌う）
　　　ちっちゃなカンで キンコロカン
　　　ちっちゃなカンで キンコロカン
　　　兵士だって 人間さ 人の命は 儚くて
　　　だから 兵士は 酒を飲む
　　　さあ酒だ 酒 酒などもっと 持ってこい

キャシオ

　ああ それは ヤバイ歌だな

イアゴ

17　イングランドなどのビールの量の単位。（568ml）。

イングランドで 覚えた歌だ
イングランド人は めっぽう酒に 強いんだ
デンマーク人 ドイツ人 太鼓腹の オランダ人
——おい飲めよ——イングランド人に 適わない

キャシオ

イングランド人 そんなに酒に 強いのか？

イアゴ

イングランド人 デンマーク人を 酔い潰し
ドイツ人なら 飲み崩すのに 汗もかかない
オランダ人なら 酔いどれに しておいて
悠々自適 次のジョッキを 注文してる

キャシオ

将軍に 乾杯だ！

モンターノ

私も 一緒に 乾杯だ
副官の あなたのために 乾杯だ

イアゴ

ああ麗しの イングランドよ
　　（歌う）スティーブン王 立派な貴族
　　買ったズボンの 値段はわずか 1クラウン[18]で
　　1割は 値引きしろと 仕立屋に 怒鳴りつけ
　　王さまは 位が高く 知名人

18　イングランドの貨幣　1クラウン＝5シリング＝12ペンス。よって、
　1クラウンは 60ペンス。1割はわずか6ペンス。王は高慢でケチ。

　　　おまえは身分 何もなく ただの平民

　　　プライドが 国を滅ぼす

　　　古いマントを 身に着けて 暮らしてりゃ それでいい

　さあ酒だ！

キャシオ

　この歌は 先ほどの 歌よりもっと 優れた歌だ

イアゴ

　もう一度 歌いましょうか？

キャシオ

　もういいよ このような 馬鹿騒ぎ する者は

　まともじゃないと 思うから

　天上の神よ 救われるべき 魂あれば

　そうあるべきで ない魂も あるからな

イアゴ

　仰せの通り 副官殿よ

キャシオ

　僕自身——将軍や 上官の 方々を

　非難する気は ないからね——救われたいと 思ってる

イアゴ

　俺も同じで…

キャシオ

　そう その通り だが言っておく 僕より先じゃ ないからね

　副官は 旗手より先に 救われるべし

　この話 これぐらいにし 仕事にかかる

──神よ　我らの罪を　赦し給え
　　さあ　みんな　仕事だ　仕事
　　この僕は　酔っぱらっては　いないから
　　これ　僕の旗手　これ右手　これが左手
　　酔ってはいない　しっかりと　立ってるし
　　しっかりと　話もしてる

一同

　　全くもって　素晴らしい

キャシオ

　　そう　その通り　この僕が　酔ってるなんて
　　思ってはだめ　　（退場）

モンターノ

　　さあ　諸君　砲台のある　平地の所で　夜警　開始だ

イアゴ

　　今　出て行った　あの男　英雄シーザーの　側近に　相応しく
　　指揮も上手な　軍人だ　だが　ご覧の通り　あの悪癖が…
　　長所が短所で　台無しに　なっている
　　残念なこと　オセロの信頼　裏切って
　　あの悪癖で　この島に　何らかの　騒動を
　　引き起こしたり　しないかと　心配ですね

モンターノ

　　副官に　よくあることか？

イアゴ

　　あんなことなど　眠りの劇の　序幕です

74

酒が入って 揺り籠気分で 寝ないとき

丸一日も 警備ができる 人ですが…

モンターノ

将軍の お耳に入れた ほうがいい

将軍は ご存知なのか？

あの性格で キャシオの長所 それだけを見て

短所など 目に留まらぬか どちらかだろう

そうではないか？

（ロダリーゴ 登場）

イアゴ

〈ロダリーゴに傍白〉どうかしたのか?! ロダリーゴ

副官の 後を追うんだ さあ早く！ （ロダリーゴ 退場）

モンターノ

ムーア将軍 そんなお方が ご自分の 副官に

根の深い 悪癖がある 軍人を 任命してるの 見てられぬ

将軍に お伝えするのが 筋である

イアゴ

この島を あげるから そう言われても

この私には できません

キャシオのことが 好きだからです

彼の悪癖 治そうと 思っています

（奥で［助けて！ 助けて！］の声）

おや 何でしょう？ あの騒ぎ…

（ロダリーゴを追って キャシオ 登場）

キャシオ

　おい こらっ！ ろくでなし！ 悪党め！

モンターノ

　どうしたのです⁈ 副官

キャシオ

　この悪党が この僕に 指図するので …

　酒樽の 枝編み籠に 叩き込んで やるからな

ロダリーゴ

　叩き込む⁈

キャシオ

　まだ言うか⁈ このゴロツキめ！ （ロダリーゴを叩く）

モンターノ

　まあ副官！ やめなさい　（制止する）

キャシオ

　どうかその手を お放しください

　放さねば あなたの頭を 殴りつけます

モンターノ

　まあ まあ あなた 酔ってます

キャシオ

　酔ってると⁈　（二人は剣で闘う）

イアゴ

　〈ロダリーゴに〉逃げろ！

　ここから 外に 出て「暴動だ！」

　そう叫べ　（ロダリーゴ 退場）

　ねえ 副官 おやめください お二人 共に

　おーい 誰か来てくれ 副官 モンターノさま

　みんな集まれ ひどい夜警に なったものだな

　（鐘が鳴る）

　あの鐘を 鳴らすのは 一体誰だ？

　悪魔の仕業?! 町中が 騒ぎ出す

　やめてください 副官 一生の 不覚にとなる

（オセロ 従者たち 登場）

オセロ

　何事だ⁉ これ

モンターノ

　やられたぞ 血が止まらない 致命傷だ 殺してやるぞ

オセロ

　やめろと言うに！ やめないと 命がないぞ！

イアゴ

　おやめください 副官も モンターノさまも 双方共に

　場所柄や 仕事のことを お考え くださって 今すぐに！

　恥ずべきですよ 将軍の 命令である

オセロ

一体これは どうしたことだ?! この原因は 何なのだ?!

我々は トルコ人にと なったのか？

天が厳しく トルコ人には 禁じたことを

同国人を 相手にし それをするのか

野蛮な喧嘩 キリスト教徒の 恥である

怒りに任せ 暴力を振るうのは 己の命 軽く見ること

一歩でも 動くなら わしが斬る

耳を劈く あの鐘の音 止めてこい

あの音は キプロスの 住人の 平静さ 脅かす

二人とも どうかしたのか？

誠実な イアゴなど 悲嘆にくれて

顔面が 蒼白に なっている

話すのだ イアゴ 誰がこれ 始めたか?!

正直に 言ってくれ

イアゴ

私には 分からない 今の今まで お二人は

花婿と 花嫁が ベッドに向かう ときのよう

仲睦まじく されていたのが 突然に

どこかの星が 二人の気でも 狂わせたのか

二人とも 剣を抜き 相手の胸に 切っ先向けて

切り結ばれて いたのです

わけの分からぬ この喧嘩 その始まりは

分かりませんが そんなこと 関わるのなら

戦争で 足でも失くし 歩けぬほうが まだましですね

オセロ

マイケル[19] どうしておまえ 我を忘れた？

キャシオ

申し訳 ありません 言葉には なりません

オセロ

モンターノ あなたは 礼儀正しい 若者だ

若いのに 生真面目で 堅実である

世間にも 認められ 賢明な 人たちの 間でも

あなたの名前 よく上がってる

それなのに こんなことにて 評判落とし

あなた勝ち得た 人望が 崩れ去り

夜の悪党 そう呼ばれます

このわしの 質問に 答えてほしい

モンターノ

将軍 私は深手 負っている

あなたの旗手の イアゴがきっと 答えるでしょう

この私 話するのも 苦しいのです

そこのイアゴが 経緯のすべて 知ってます

自己保身 時として 悪徳となり

暴力的に 襲われたとき

自己防衛が 罪にでも ならない限り

---

19 オセロが、マイケル・キャシオを苗字ではなく、名前で呼ぶことで、怒りではなく、悲しみに満ちた親愛の情が示されている。

私は罪を 犯しては おりません
オセロ

ああ 何てこと！

わしの血の 勢いが 安全弁を 壊し始めて

この激情が 判断力を 狂わせて 迷走させる

一度（ひとたび） わしが 動き この腕 上げたなら

おまえたち その誰しもが わしの叱責 免れぬ（まぬが）

この騒動が いかにして 始まって

誰が煽動 したのかを 言い給え

その罪の 責任の 所在 確定 したならば

それがわしとの 双子の兄弟 だったとしても

容赦はしない

何たることだ⁉ 戦争が 起ころうとした 町の中

まだ余波があり 人々の 心には

恐怖感が 渦巻いて いるというのに

私憤死闘を 繰り広げるの 以ての外だ

しかもそれ 真夜中で 治安を守る 詰所だぞ！

悍ましいにも ほどがある！ おい イアゴ 誰が始めた⁉

モンターノ

もしおまえ 偏った（かたよ） 仲間意識で

真実と 異なった 証言すれば おまえ 軍人 以下となる

イアゴ

痛いところを 突いてこられる

キャシオに罪を 負わせるのなら

80

自分の舌を 切り取るほうが まだましですね
でも じっくりと 考えたなら
真実を 語っても 彼が不利にと なるわけがない
将軍 真実は こうなのですが…
モンターノと この私 親しく会話 しておりますと
「助けてくれ！」と 大声で 叫ぶ男が
駆け込んで 来たのです
それに続いて 抜き身の剣を 振りかざし
その男 斬りつけようと キャシオ乱入 してきたのです
モンターノ 割って入って キャシオを止めて
この私 走り回って 叫ぶ男を 追いかけて
町の人々 恐れたり せぬように
取り押さえようと したのです
——結局は こんなことに なりました——
その男 逃げ足速く 追いつくことは 無理でした
しかたなく 引き返したら 剣が触れ合う 音がして
キャシオの罵声 聞こえたのです
そのような声 上げられるのは 今夜まで
一度たりとも なかったことで
その後すぐに 戻ってみると お二人は 接近戦で
激しく剣で 斬り合いを なさってました
しつこく それを お続けのとき
将軍自ら 引き分けられた 次第です
これが私の 報告の すべてです

人間は 人間ですね 立派な人も ときには自分 忘れます
　　確かに キャシオ この方に 切り傷を 与えましたが
　　人間は カッとなったら 好意を寄せる 人にさえ
　　暴力を 振るうことさえ ありますね
　　キャシオは きっと 逃げた男に
　　侮辱されたに 違いない
　　忍耐の 限度を超える ほどまでひどい…

オセロ

　　イアゴ 分かっておるぞ 誠実さ 敬愛の念 それ故に
　　キャシオの罪を 軽減しようと しておるな
　　キャシオ おまえのことは 気に入ってるが
　　もうわしの 部下にはできん

　　（デスデモーナ 従者たち 登場）

　　見るがいい 妻までも このように 起こされて しまったな
　　（キャシオに）おまえのことを 見せしめとする

デスデモーナ

　　どうなさったの？

オセロ

　　もうすべて 解決したぞ さあ 寝室に 戻りなさい
　　（モンターノに）あなたの傷は 私が手当て させていただく
　　お連れいたせ　（従者たち モンターノを連れ出す）
　　イアゴ 町の見回り 任せたぞ

この喧嘩から 騒いでる 者たちを 鎮めておけよ
さあ デスデモーナ 軍人の生活などは こんなもの
心地良い 眠りさえ 争い事で 妨げられる
（イアゴとキャシオ以外 一同 退場）

イアゴ

副官 あなたも負傷 されたのですか？

キャシオ

手術などでは 癒やせぬ傷だ

イアゴ

えっ まさか？ 本当ですか？

キャシオ

名誉だ 名誉 名誉だよ 僕の名誉が 消え去った
自分自身に あるべきものを 失くしてしまい
残っているの 獣の 本性だけだ
イアゴ 僕の大事な 名誉が消えた

イアゴ

馬鹿正直な この私
副官は 体に傷を 負われたのだと 思いましたよ
痛みに対し 敏感なのは 名誉ではなく 体ですから
名誉など 取り留めもなく まやかしの ペテンです
役立つことも していないのに 手に入り
わけも分からず 取り上げられる
名誉など 失ったこと 喧伝なんか しなければ
あなたはそれを 失くすことなど ありません

将軍の 信頼を 取り戻す 方法は いくらでもある
罷免されたの 一時的 方策で
憎悪ではなく 政策上の 罰ですよ
傲慢な ライオンを 脅すため
罪もない犬 鞭打つの 同じこと
お願いなされば 大丈夫です

キャシオ

軽率で 酔いどれで 無分別な 将校が
ご立派な 指揮官を 騙したり するのなら
軽蔑してと お願いしたい
飲んだくれ おしゃべりで 喧嘩早くて
ほら吹きで 悪口雑言 自分の影に 大いばり
ああ 酒は悪魔だ 名前ないなら 名付けてやろう
「悪魔酒」だと

イアゴ

あなたが剣を 手に持って
追いかけていた あの男 何者ですか？

キャシオ

さあ誰か 分からない

イアゴ

そんなことなど あるのです？

キャシオ

多くのことを 覚えているが
何一つ はっきりと しないのだ

喧嘩はしたが 何のためかは 分からない

ああ 人は 頭脳を奪う 酒入れる

口をまず 敵として 認識すべき！

口から入る 悪魔酒 喜びや 楽しみ与え

浮かれ騒いで 囃し立て 我々を 獣に 変身させる

イアゴ

でも もうあなた 正常に 戻っています

どうして元に 戻られたのか？

キャシオ

酔いどれ悪魔 怒りの悪魔に 引き継いだのさ

ある欠点が 別の欠点 見せつけるので

ほとほと自分 嫌になる

イアゴ

道徳家とし あなたは少し 厳し過ぎます

時間も 場所も この国の 状況からも

あんなことなど 起こらぬほうが 良かったが

起こったことは 取り戻せない

何とか これを 将来のため 繕うように しなければ…

キャシオ

復職を お願いに 行ってみる

「この酔っぱらい！」そう叱責を 受けたなら

ヒュドラ[20]のように 多くの口が あろうとも

20　ギリシャ神話 多くの頭を持つ蛇。ヘラクレスによって退治され、「うみへび座」となった。

返す言葉は 何もない

まともであった 者がすぐ 馬鹿になり

すぐに野獣に 変身だ

奇妙なことだ！ 度を超した酒 悪魔の呪い 潜んでる

イアゴ

いえ いえ 酒は 付き合い方を 考えりゃ いい友達だ

もう酒の 悪口などは やめましょう

副官 俺があなたを 好きなのは ご存知と 思うのですが…

キャシオ

酔ったお陰で そのことは よく分かったぞ

イアゴ

あなたでも 誰でもですが 時には人は 酔うものですよ

これから あなた どうしたら いいのかを お教えします

目下のところ 将軍の 奥さまが 我々の「将軍」だ

そのように 言ったとしても 間違いはない

将軍は 奥さまの 資質や 美貌に 魅せられて

身も心をも 捧げられ 我を忘れて おられます

奥さまに 正直に 打ち明けて 復職を 願われたなら

事がすんなり 運ぶかも しれません

あの方は 心が広く 親切で 賢明で

神の恵みを 心に受けて 頼み事 聞いたなら

それ以上 してあげようと 思う善人 なのですよ

将軍と あなたを繋ぐ 関節が 外れたところ

奥さまの 添え木があれば

この俺の 全財産を 賭けてもいいが

そのひび割れで 二人の絆 以前より 強くなる

キャシオ

君の忠告 的を得ている

イアゴ

心から 誠意を持って 正直に 親切心で 言ってます

キャシオ

僕もそう 信じてる

明日の早朝 徳高き 奥さまに 取り成しを 頼むため

会いに行く

もしこれで だめならば もう手立て 見つけられない

イアゴ

その通りです おやすみなさい 今からは 夜警に出ます

キャシオ

おやすみ イアゴ　（退場）

イアゴ

この俺が 悪党だなど 言う奴は 誰なんだ?!

俺の与えた 忠告は 心がこもり 誠実なもの

論理的だし ムーアの気持ち 取り戻す 絶好の 方法だ

寛容な デスデモーナに 真摯な気持ちで 訴えたなら

それが最も 近道だ

洗礼を 取り消して 贖罪の 印のすべて なくなろうとも

ムーアの心 彼女への 愛に溺れて 動きが取れぬ

すべてのことは 神様の 意志のよう

奥さまの 意のままになる
そうならば どうして俺は 悪党なんだ?!
キャシオのための 忠告は 奥さまがする 行動と 同じもの
悪魔が教える 道徳教育
悪魔が人に 最悪の罪 犯させようと 誘うとき
天使の姿で 現れる ちょうどそれ 今の俺だな
馬鹿正直な あの男 自分の運が 開けるように
デスデモーナに 働きかける
デスデモーナは しつこくムーアに 嘆願するぞ
この俺は その間 ムーアの耳に 毒汁を 注いでやるぞ
あの女 復職を せがむものは
キャシオへの 情欲のため そう言ってやる
そうなれば キャシオのために
デスデモーナが 尽くせば尽くす 程ひどく
ムーアの信用 失くすことにと なるのだからな
そうなれば 俺は女の 美徳など 真っ黒な タール[21]に変えて
女の善意で 網を張り
三人共々 一気呵成(いっきかせい)に 搦(から)め捕って やるからな

(ロダリーゴ 登場)

どうかしたのか? ロダリーゴ

21　原典 "pitch"「コールタール」裏の意味「地獄の刑罰」。

ロダリーゴ

　俺はここまで 追いかけて ついて来たけど

　獲物追う 猟犬でなく 遠吠えをする 一匹にしか

　過ぎないんだよ

　もう金は ほとんどすべて 使い尽くした

　棍棒で 今夜したたか 殴られた

　結末は こうだろう 痛い目に遭い 経験を積み

　金などは 使い果たして ほんのちょっぴり 知恵を付け

　ヴェニスへと 舞い戻る

イアゴ

　忍耐力の ない奴は 何と哀れな 存在か?!

　傷を受けたら 治るのは 日にち薬だ

　俺たちは 頭 使って 生きている 魔法じゃないぜ

　知恵たるものは 熟成されて 知恵となる

　時が知恵さえ 育むのだぞ

　うまくいかない？ おまえはキャシオに 殴られた

　些細な怪我で 奴はクビ

　太陽の 光浴び 花々は 開花する

　最初に実 つけたもの 最初に熟す もうしばらくの 辛抱だ

　何てこと！ もう朝だ！

　楽しんで 行動すると 時の経つのが アッという間だ

　宿舎に戻り おまえは休め さあ早く行け！

　いずれ 詳しく 話すから さあ 帰るのだ

　（ロダリーゴ 退場）

二つのことは しておかないと
俺の女房は デスデモーナに キャシオ接近 させるのだ
女房にうまく けしかけさせる
その間 俺はムーアを 二人から 引き離し
キャシオが 奥さま 口説こうと してるところに
出会せてやる そう この手に限る！
やると決めたら 冷めぬうち 今すぐだ （退場）

第3幕

要塞の前

（楽師たち キャシオ 登場）

キャシオ

　皆さん ここで 演奏してくれ 礼ははずむぞ

　短いもので いいからな 将軍と 奥さまの

　二人の朝に ご挨拶

（道化 登場）

道化

　楽師諸君 あんたらの 楽器[22]はみんな ハナ[華]のナポリ[23]へ

　行ってきたのか ハナ[鼻]にかかった 音を出す

_____

22　シェイクスピアはバグパイプを想定している。

23　ナポリの人たちは鼻にかかったイタリア語を話し、ナポリは性病
　に罹りやすい町だと言われていた。性病に罹ると鼻に障害が起こる
　事例も数多くあったようである。

91

楽師 1

何だって？ バカバカしいな

道化

聞いてもいいか？ それ 管楽器[24]？

楽師 1

はい そうですが

道化

それなら管を 付けないと いけないな

楽師 1

どうして 管を？

道化

わしの知ってる 管楽器 管を巻いてる

楽師諸君 さあ金だ

将軍は あんたらの 音楽を いたく気に 召されてしまい

将軍は もう騒音を 中止せよと

楽師 1

それなら演奏 やめましょう

道化

音を出さない 音楽ならば 演奏しても 構わない

音楽を 聞くことが 将軍は お好きでは ないとの噂

楽師 1

音のない 音楽なんて あるわけがない

24　おそらく、バグパイプ。

道化

　ではその楽器 袋にしまい …

　わしは行くから

　さあ あんたらは どこへなりとも 消えちまえ！

　（楽師たち 退場）

キャシオ

　おまえには 聞こえるか

道化

　その声は 聞こえませんが

　あんたのならば 聞こえます

キャシオ

　冗談は やめてくれ わずかだが この金を 取ってくれ

　将軍の 奥さまの 付き人の 女性がもしも 起きているなら

　キャシオが少し 会って話が したいから …

　そう伝えては くれないか？ やってくれるか？

道化

　その人ならば 起きてるよ

　こちらに向かい 来られるのなら 伝えてやるよ

キャシオ

　よろしく 頼む　（道化 退場）

　（イアゴ 登場）

キャシオ

イアゴ 会えてよかった

イアゴ

一晩ずっと 休まれず？

キャシオ

我々が 別れる前に もう夜は 明けていた
イアゴ 今 僕は 思い切って
道化に君の 奥さん 呼んでもらった
高徳な デスデモーナに 近づけるよう
取り成して もらうつもりだ

イアゴ

すぐさま 妻を 呼びましょう
何とかし ムーア将軍 お二人の いない所へ
連れ出して あげましょう
そうすれば もっと自由に 頼み事 できるはず

キャシオ

とても助かる ありがとう （イアゴ 退場）
フィレンツェに こんなにも 親切で 正直な 男はいない

（エミリア 登場）

エミリア

副官 おはようございます
将軍の 不興を買われ お気の毒です
でも きっと うまくいきます

　将軍と 奥さまは そのことを お話しになり
　奥さまは 心を込めて
　あなたのことを 弁護なさって おられましたわ
　ムーアさま おっしゃるに
　負傷を受けた モンターノ キプロスで 著名人
　有力者との 関係も 密である
　そうなると 常識的に あなたの罷免 避けられず
　こうなった 次第だと おっしゃってます
　あなたのことは 気に入ってるし
　誰の取り成し なくっても 適当な時期 見計らい
　あなたのことを 復職させる おつもりのよう

キャシオ

　でも どうか もしあなた そんなこと
　具合が悪く できないと お思いで ないのなら
　奥さまと ほんのわずかな 時間でいいし
　二人っきりで 話をさせて もらえませんか？

エミリア

　さあ どうぞ お入りなさい ご案内 いたします
　心のままを お話しできる 所へと お連れしますわ

キャシオ

　それはとっても ありがたい　（二人 退場）

第2場

要塞の一室

（オセロ イアゴ 紳士たち 登場）

オセロ

 イアゴ この手紙 船長に 手渡して

 元老院に 届けるように 言ってくれ

 このわしは 砲台近く ぶらり散策 してるので

 手渡した後 そこに来てくれ

イアゴ

 承知しました

オセロ

 ここにある 防御施設を 見てみましょうか？

紳士たち

 喜んで お供しましょう　（一同 退場）

第3場

城の中庭

（デスデモーナ キャシオ エミリア 登場）

デスデモーナ

　キャシオ ご心配なく

　あなたのために できる限りの 説得を してみますから

エミリア

　そうしてあげて くださいね

　うちの主人も 我が事のよう 心を痛めて おりますわ

デスデモーナ

　ご主人は 誠実な 方なのね 心配は 要らないわ

　夫とあなたの 間柄 元通りにと してあげますわ

キャシオ

　このキャシオ どのように なろうとも

　奥さまの 忠実な 下部です

デスデモーナ

　分かっています ありがとう 主人とあなた 長い付き合い

　それだけでなく あなたは主人に 尽くしているわ

　安心なさい

　主人の態度の よそよそしさは 世間体 気にしてるだけ

キャシオ

　分かっています でも 奥さま

　慎重な その態度 長く続いて きたならば

　水くさく 薄いスープに 慣れるが如く

　日常の 瑣末なことに 追われる中で

　私の職を 代理がすれば 将軍は それで満ち足り

　私に在った 忠誠心を お忘れに なるでしょう

デスデモーナ

　　大丈夫です エミリアを 証人に立て 証言します
　　あなたの復職 実現すると … ご安心 くださいね
　　支援する そう申したら 最後まで 実行します
　　私の願い 叶えてくれる そのときまで
　　将軍を 眠らせません
　　あの人が 根負けするまで やり続けます
　　寝室は 教室になり 食卓は 懺悔の場
　　将軍の なさることには ことごとく
　　キャシオの願い 絡ませて …
　　だから もう 元気を出して！
　　あなたの弁護 引き受けた 私ですから
　　命懸けで やり通します

　　（オセロ イアゴ 離れた場所に 登場）

エミリア

　　奥さま ご主人さまが お見えです

キャシオ

　　奥さま 私はここで …

デスデモーナ

　　どうして ここで 私が彼に 陳情するの 聞かないの？

キャシオ

　　奥さま 今は バツが悪くて

98

私のことで お話しされるの 聞いてなど いられないので

デスデモーナ

では 思いのままに…　（キャシオ 退場）

イアゴ

あれっ これは まずいこと！

オセロ

何がまずいと ?!

イアゴ

いえ 別に ただひょっとして どうしてなのか…

オセロ

妻のそばから 離れていった 男はキャシオ

そうではないか？

イアゴ

キャシオですって？ そんなはず ありません

将軍を 見かけただけで コソコソと

逃げ出すような 人じゃない

オセロ

いや 確か キャシオであった

デスデモーナ

（オセロに近づいて）まあ あなた⁉

今まで私 願い事 する人と お話を しておりました

あなたから ご不興を買い 苦しんで 嘆いてられて…

───────────

25　原典 "suitor"「請願者 / 求婚者」。

オセロ

　誰のこと？

デスデモーナ

　副官の キャシオのことよ

　私にもしも あなたを動かす 力があれば

　どうか あの方 今すぐに 許してあげて くださいません？

　あの方は あなたのことを 大切に 思っているわ

　為された過ち 我知らず したことで

　意図したもので ありません

　正直な お顔を見れば 私でさえも 分かります

　あの方を 呼び戻しては くださいません？

オセロ

　去っていったの キャシオだな

デスデモーナ

　ええ そうよ 悲しみ残し 去っていかれた

　私まで 悲しくなって きましたわ

　お願いだから 復職させて あげてください

オセロ

　今はだめだな デスデモーナ いずれそのうち

デスデモーナ

　近いうちにね

オセロ

　早いうちにな おまえのために

デスデモーナ

今晩の お食事のとき？

オセロ

いや 今晩は 無理なこと

デスデモーナ

では 明日(あす)の ランチのときに？

オセロ

明日の昼には 家にはおらぬ

要塞にて 将校たちと 会うことに なっている

デスデモーナ

では 明日の晩？ それがだめなら 火曜の朝に？

昼でもいいわ 夜でもね いえ 水曜日 その朝に

いつでもいいし 時間を決めて でも 三日以内に お願いよ

本当に 後悔なさって いるのです

あの方の 過ちは 常識的に 考えて

——戦時なら 最も優れた 軍人が 見せしめに

されるなどと 言われてますが——

個人的に 譴責(けんせき)を 受けるほど ひどい罪では ないでしょう

いつお呼び くださるの？

ねえ あなた これまでに あなたに頼まれ

この私 拒否したり たじろいだこと ありますか？

どうでしょう？

あなたが私に 求婚される ときでさえ

マイケル・キャシオ ご一緒に 来られた方で

あなたのことを この私 けなしたときに

いつもあなたを 庇われたでしょう

その方を 呼び戻すのに なぜそんなにも 手間取るの?

私なら もっと早くに…

オセロ

もう言うな 分かったぞ いつでもいいし 来させれば良い

デスデモーナ

こんなお願い 普通のことで ございます

手袋を おはめください 栄養を おつけください

暖かい服 お召しください

あなた自身の ためになる お願いですわ

あなたの愛を 試そうと するのなら

深刻で 困難で 許すのさえも 容易にできぬ ことなどを

お願いするに 決まっています

オセロ

おまえのことで 拒否などは しないから

今しばらくは おとなしく していては くれないか

デスデモーナ

お断りなど いたしませんわ では また後で

オセロ

すぐに行くから そう願う

デスデモーナ

エミリア さあ 行きましょう (オセロに) お心のままに

私はそれに 従いますわ (エミリアと共に 退場)

オセロ

素晴らしい 女性だな
わしがおまえを 愛さぬように なったなら
わしの魂 地獄落ち そしてこの世は 混沌の闇

イアゴ

将軍 少しあの…

オセロ

イアゴ 何だな?!

イアゴ

将軍が 奥さまに プロポーズ されたとき
将軍の 愛の気持ちを キャシオは知って いたのです?

オセロ

知っていた 一部始終を なぜ尋ねるか

イアゴ

私の気持ち 納得させる ためですが ただそれだけで…

オセロ

どんな気持だ?

イアゴ

彼と奥さま 懇意とは 存じ上げては いなかったので…

オセロ

いや そうだった 二人の間 よく取り持って くれたのだ

イアゴ

本当ですか?

オセロ

本当に? 本当だ! 何か気になる ことでもあるか?

誠実で ないだとか？

イアゴ

誠実 … ですか？

オセロ

誠実かと？ ああ 誠実だ

イアゴ

将軍 私自身が 知ってる限り …

オセロ

考えてるの 何なんだ？

イアゴ

考えてる … ですか？

オセロ

「考えてる」だと！
何でおまえは わしの言うこと オウム返しに
しておるか!?
頭の中に モンスター的 考えがあり
それを言うのを 恐れてるのか？
心の底に 言いたいことを 隠しているな
つい先ほども キャシオが妻と 別れるの 見たときに
「まずいこと」と 言ったであろう
一体 何が まずかったのだ!?
それにだな プロポーズ するまでの 経過のことを
キャシオが熟知 していたと 言ったとき
「本当ですか」と 尋ねながら なぜ眉を ひそめたか?!

104

あれは おまえの 心の中に 忌まわしい 考えがあり
それが出るのを 押し殺す 殺伐とした ものだった
おまえがもしも わしのこと 大事だと 思ってるなら
おまえの心 明かしては くれないか?

イアゴ

将軍のこと この私 敬愛してるの ご存知のはず

オセロ

知っておる おまえの情と 誠実さ
さらにまた 言葉を舌に 載せる前
おまえは言葉の 軽重を 見事に計る
それ故に おまえが言葉 濁らしたなら
良からぬことが 潜んでいると わしは恐れる
腹黒く 不実な輩 言葉濁すは 策略の 常套手段
正直な者 抑圧された 感情が 心の底に ある印

イアゴ

誓って私 マイケル・キャシオ 正直者と 思います

オセロ

わしも同じだ

イアゴ

人間は 見かけ通りで あるべきで
そうでないなら 人間の 姿形を すべきでは ありません

オセロ

確かにそうだ 人間は 見かけ通りで あるべきだ

イアゴ

いえ それだから キャシオなど 正直者で あるのです

オセロ

何かまだ 引っかかる 思ってること 隠さずに 言ってくれ

最悪の 思いなら 最悪の 言葉が似合う

飾りつけなど 要らぬから

イアゴ

将軍 それだけは お許しを

務めのことは 仰せの通り いたします

でも 奴隷にしても 心の中で 思うことなど 自由です

思いを言えと 言われるのです？

いかに無価値で 偽り多い ことだとしても？

宮殿にさえ 卑しいことが 入り込みます

清らかな 心にも 邪な 考えが 入り込みます

法廷の場に それが起これば 裁判中に

正と不正が 同席します

オセロ

イアゴ おまえの友が 騙されてるの 知っていながら

その友に それを告げぬは 友を裏切る ことではないか?!

イアゴ

お願いが ございます

——おそらく私 邪推して いるのでしょうね

実は私に 生まれ持っての 他人を探る 悪癖があり

警戒心が 強過ぎて

あらぬ罪など 描いたり するのです——

そういうわけで 将軍の ご見識 もってして
当てにならない 断片的な 推測などに 煩わされて
悩み事 作ったり なさらぬように
お心の 安らぎや お体に 差し障り ございます
私としても この気持ち お知らせするの
男らしさや 忠誠心や 分別などが ない者と
思われるのは 心苦しい 限りです

オセロ

一体 おまえ 言いたいことは 何なんだ?!

イアゴ

男女とも 名誉とは それぞれの 魂の 宝です
私の財布 盗む者 屑を取るのと 同じこと
何かでは あったとしても 何でもないもの
私の物で あったもの 今はそいつの 物になり
回り回って 誰かの物に なるのです
名誉となると 奪われたなら
奪った者に 何の得にも ならぬのに
奪われた者 致命的です

オセロ

思ってること 早く言え!

イアゴ

それはだめです 私の心 あなたの支配 受けていようと
私が保管 してる間は 言えません

オセロ

何だって！

イアゴ

将軍 お気をつけ くださいよ 嫉妬には …

嫉妬とは 緑色した 怪物で

人の心で 増殖し 人の心を 弄ぶ

妻の不倫を 運命と 思える男 幸せ者だ

愛してるのに 疑って 疑っていて 愛する男

一刻一刻 地獄の責め苦 味わう者だ

オセロ

それは 惨めだ

イアゴ

貧しい中に 満足を 見つけられたら 幸せですね

豊かさに 満ち溢れてる 多くの金を 持つ者は

貧しくなるの 恐れていれば 心はいつも 冬枯れの中

ああ 神よ 我々の 魂が 嫉妬などには 冒されぬよう！

オセロ

なぜだ?! なぜ!? そのようなこと 申すのだ！

このわしが 嫉妬に狂う 人生を 送るというか

月の満ち欠け その変化追い

新たな疑惑に 苛まれると 思うのか?!

一度何か 疑えば 一気にそれは 解決するぞ

このわしは 臆病者の 山羊ではないぞ

おまえが申す 途方もなくて たわいない

憶測に 惑うことなど あり得ない

108

わしの妻 話し好き 歌や遊びや 踊り上手と 言われても

嫉妬などには 駆られない

貞節ならば より貞節に なるものだ

わしに欠点 あるからと 彼女がわしを 裏切って

何かするなど 疑いは 全く持たぬ

彼女自身の 目がわしを 選んだのだ

いや イアゴ 疑う前に わしはよく見る

疑えば 証拠を握る それが実証 されたなら

取る道一つ 愛を捨てるか 嫉妬かの どちらかを …

イアゴ

そう伺って 安堵しました

これで私は 将軍に 対しての 敬愛の念

忠誠心を 心置きなく お示しできる

義務として お話しします しかしまだ 証拠があって

言うのでは ありません

奥さまに ご注意を 特にキャシオと ご一緒のとき

嫉妬の目でなく 安心しきる わけでもなくて

将軍の 大らかで 素晴らしい 持って生まれた 性格を

利用したりは 許せない くれぐれも ご用心！

この私 同国人の 気性[26]など 熟知してます

ヴェニスでは 淫らな 行為 神様に 知られても

夫には 絶対に 知られたり しないよう

---

26 シェイクスピアの時代、ヴェニスは貴族や富裕階級相手の高級娼婦が数多くいることで有名であった。

巧妙に やってます
こうした者の 最良の 誠実さなど
しないようにと するのでなく
していても 隠し通して いることで…

オセロ

本当か?!

イアゴ

奥さまは お父さま 欺かれ 将軍と ご結婚 されました
将軍の お顔が 怖く 震えるように 見えたとき
将軍を 深く愛して おられたはずだ

オセロ

ああ そうだった

イアゴ

そうでしょう!
あんなにも 若いのに そんな素振(そぶ)りが できる方
お父さまの目 眩(くら)ませて
将軍に 魔法など 使われたと 思わせるほど…
申し訳 ありません
将軍のこと 思うばかりに 言い過ぎました

オセロ

おまえには 感謝しておる

イアゴ

お心を 乱されました?

オセロ

いいや ちっとも

イアゴ

　乱されるかと 心配でした 申し上げたの

　将軍を 思ってのこと

　しかし 動揺 されたよう

　私の言葉 拡大解釈 なさるとか

　疑いの域 超えてまで 即断は されぬよう お願いします

オセロ

　そんなことなど するわけがない

イアゴ

　万が一 そうなったなら 私の思いと 裏腹に

　忌まわしい 結果を招き かねません

　キャシオ 私の 大切な友 将軍は お心を 乱されたとか…

オセロ

　いや それほどは … デスデモーナが 不実とは 思えない

イアゴ

　奥さまに 祝福を！ そう思われる 将軍に 祝福を！

オセロ

　だが なぜだ?! 自然の情に 逆らって …

イアゴ

　つまり そこ そこが問題 なのですよ

　遠慮なく 申します 同じ国 同じ肌 同じ身分の 縁談を

　奥さまは ことごとく 拒否されて きましたね

　受けるのが 自然の情…

ところがここに 腐敗臭 漂いません？

私には 堕落とか 不自然な情 感じられます

ご容赦を お願いします

取り立てて 奥さまのこと 申し上げては おりません

恐れているの 分別が 奥さまに 戻ったときに

将軍と 同国人を 比較して

もしかして 後悔なさる かもしれぬ

そう思ったり いたしますので…

オセロ

もう充分だ もういいからな

もし何か 気づいたならば 知らせてくれよ

エミリアを 見張りに頼む

イアゴ このわし 一人にさせて くれないか

イアゴ

では これで 失礼します　（退場しようとする）

オセロ

なぜわしは 結婚などを したのだな？

正直な あの男 今言ったこと それ以上

知っているのだ あれだけでなく

イアゴ

（戻ってきて）将軍に お願いが ございます

もうこれ以上 この件で 詮索などは なさらぬように

時の経過に 委ねましょう

キャシオ 復職 妥当だと 思われますし

112

副官の職 立派に果たす 能力を お持ちです

でも もう少し 復職を 延ばされたなら

彼の人柄 やり方なども お分かりに なるでしょう

もし奥さまが 異常なまでに 熱心に

彼の復職 せがまれたなら

そのことで 隠れてたこと 見えてくるはず

それまでは 心配性の この私 異常だと お思いになり

——確かにそうと 思われる節 ありますが——

奥さまの 潔白を お信じください お願いします

オセロ

心配要らぬ 分別は わきまえておる

イアゴ

では 本当に 失礼します （退場）

オセロ

あの男 誠実さ 際立っている

世間のことに 精通し 人のタイプを よく知っている

もし あの女 鷹のよう 自由奔放 飛び回るなら

結んでおった 心の紐を 解き放ち

風下に 自由に飛ばせ 餌を取らせる

わしの肌 明らかに 黒いもの

伊達男のよう 振る舞いに 優雅さがなく

年齢的に 峠を越して——それほども 年ではないが——

---

27 鷹は狩りのとき、逆風に向けて飛ばした。順風ならめったに帰っ
てこないとされていた。

それでもう あの女 去っていったか?!
このわしは 騙されたのだ わしの救いは 憎むこと?!
ああ 結婚は 呪われるべき ものである
あの麗しの 女をわしの ものと言い
心の内で 我がものと ならぬとは
愛する者の 一部を他人に 勝手気儘に 使われるため
大切に するぐらいなら
地下牢の 湿気を吸って 生きている
ヒキガエルでも なるほうが まだましだ
身分の高い 者たちの 罹る疫病 なのであり
卑しい者と 比較して 特権階級 目も当てられぬ
死と同じよう 避けられぬ 宿命だ
我々は 生まれ落ちたる そのときに
妻の不倫は 運命的に 内在いたす
ああ デスデモーナが やって来る

（デスデモーナ エミリア 登場）

デスデモーナが もし不倫など するのなら
天は天 自らを 欺くものだ そんなことなど 信じられない

デスデモーナ

どうなさったの?! お食事の 用意整い
ご招待 なさった島の 有力者 貴族の方が お待ちです

オセロ

114

　責任は わしにある

デスデモーナ

　どうしてそんな 弱気な声で お話しされて … ご病気ですか？

オセロ

　額のここが 痛むのだ

デスデモーナ

　ああ それは 徹夜なさった せいですわ

　このハンカチで きつく縛って あげましょう

　一時間も 経たぬうち すぐに良くなる はずですわ

オセロ

　おまえのそんな ハンカチなどは 小さ過ぎるぞ

　（ハンカチを手で払いのける　ハンカチは地面に落ちる）

　放っておけ さあ 行くぞ

デスデモーナ

　ご気分が すぐれないのは 心配ですわ

　（オセロと共に 退場）

エミリア

　あのハンカチが 落ちてるわ

　奥さまが ムーアから もらわれた 一番最初の プレゼント

　やっかいで 気まぐれな うちの亭主が

　何回も 盗んでくれと 頼んだものよ

　奥さまは 喜ばれ 将軍の 言いつけ通り

　肌身離さず お持ちになって

　キスしたり 話しかけたり 大事にされて いる物よ

ハンカチの 模様写した その後で
これをイアゴに 渡してやるわ
でもあの人は 一体これを どうする気なの?
私には 分からない 亭主の気持ち 満足させて あげるだけ

(イアゴ 登場)

イアゴ

　どうかしたのか? どうしてここに たった一人で
　いるのだい⁉

エミリア

　そんなに小言 言わないで
　あんたにあげる いい物が あるんだからね

イアゴ

　いいモノだって? そんなモノ ありきたり
　どの女にも あるモノだろう

エミリア

　まあ 何てこと!

イアゴ

　バカな嫁 もらったものだ

エミリア

　そんなこと 言ってもいいの?
　あのハンカチを あげると言えば 何をくれるの?

イアゴ

　どのハンカチだ?!

エミリア

　どのハンカチって？

　ムーア将軍 奥さまに 贈られた 初めての物

　何度もあなた 私には 盗んでくれと 言ってた物よ

イアゴ

　おまえは それを 盗んだのかい？

エミリア

　違うわよ 奥さまが 落とされたのよ

　たまたま そこに 居合わせて 拾っただけよ

　ほら これだから

イアゴ

　よくやった 俺によこせよ

エミリア

　それをどうする つもりなの？

　あれほどまでに しつこくせがみ

　盗んでこいと 言ったのは？

イアゴ

　それがおまえと 何の関係 あるんだよ！（ひったくる）

エミリア

　たいしたわけが ないのなら 返しなさいよ

　かわいそうに 奥さまは それを失くして

　狂わんばかり 動転されるに 決まってる

イアゴ

知らない振りを するんだぞ

俺にはそれの 使い道 あるんだからな

さあ 俺を 一人にしては くれないか　（エミリア 退場）

このハンカチを キャシオの部屋に 落としておいて

奴にそれ 発見させる

空気のように 軽いものでも

嫉妬に狂う 男にとって 聖書ほど 重みある 証拠となるぞ

きっと効果を 発揮するはず

ムーアはすでに この俺の 毒にやられて 別人だ

邪推など 毒性がある

最初のうちは 不快さはない

ところがだ 血に毒素 入り込んだら

嫉妬の火 硫黄のように 燃え上がる

ほら 言った通りだ

（オセロ 登場）

見ろ あそこにと やって来る

麻薬でも 睡眠薬でも

世界中の どんな薬を 飲んだとしても

昨日まで おまえにあった 心地良い 眠りなど

訪れること ないだろう

オセロ

ははあっ！ このわしを 裏切った？

118

イアゴ

どうされました？ 将軍！ おやめください

オセロ

おまえなど 消えちまえ！

おまえはわしを 拷問台に 架けたよな⁉

誓って言おう ほんの少しを 知らされるより

すんなりと 騙されるほうが まだましだ

イアゴ

気は確かです？ オセロ将軍

オセロ

情欲に 彼女が溺れて いたときに

どんな感覚 わしにあったと いうのだな

見なかった 考えなかった 心痛めは しなかった

次の日も よく眠り よく食べて

気になることも 何もなく 楽しく時を 過ごしたぞ

キャシオのキスも あの唇に その跡は 何もなかった

盗まれて 気づかぬ者に それを教える ことはない

そうすれば 取られてないに 等しいことだ

イアゴ

そう言われると お気の毒です

オセロ

全軍の兵 工兵隊の 兵士でも

全員が 美しい 彼女の体 味わおうとも

わしは知らねば 幸せだった ことだろう

だが今はもう 永遠に 安らかな 気持ちとは お別れだ

満足と お別れだ

兜（かぶと）には 羽根飾り付け 行軍する 兵士たちと お別れだ

野望さえ 美徳に変える 戦争も お別れだ

いななく駿馬 耳をつんざく トランペットの 音の響きも

士気を鼓舞する 軍鼓の音も 鋭い笛や

雄々しい軍旗 それに纏（まつ）わる 戦の印

プライドや 栄光や 名誉ある 戦争の 儀式など

不滅の神の ジュピターの 雷（いかずち）に似た

大砲の 凄（すさ）まじい 轟音（ごうおん）とも お別れだ

オセロの命 軍の仕事も お別れだ すべて皆 終了だ

イアゴ

本気なのです？ オセロ将軍

オセロ

この悪党め！ 妻が不義など 為すというなら

証明いたせ！ 証拠を見せろ！ 目に見える 証拠だぞ！

そうしなければ この命懸け

おまえが犬に 生まれたほうが よかったと 思えるほどに

わしの怒りで 目に物見せて やるからな 覚悟しておけ！

イアゴ

それほどまでに?!

オセロ

証拠を見せろ

疑う余地も ないほどの 確実な 証拠をな！

さもないと 命はないぞ！

イアゴ

これは … 将軍——

オセロ

デスデモーナに 濡衣を着せ

このわしを 苦しめて いるのなら 二度と祈るな

悔い改める 気持ちなど 捨てるのだ

悪事に悪事 積み重ね 天を泣かせて 地を揺るがせろ

これ以上 おまえが何を しようとも 天の裁きは 地獄行き

イアゴ

これは 将軍 何とおっしゃる⁉ 将軍は 人間ですか？

人の心や 分別を お持ちでしょうか？

もうこれで お別れします 職を免じて もらいます

この私 愚かでしたね 誠実一途 通してき

そのために 悪党に されるとは … 不条理な 世の中だ

気をつけろ 気をつけろ この世の人よ！

実直で 忠実であれ 安全と 言い難い

有意義な 教訓でした

もうこれからは 他人のことなど

構わぬことに いたします 誠実さ故 害を生みます

オセロ

いや ちょっと待て おまえには 誠実さ よく似合う

イアゴ

賢明で あるべきですね 正直者が 馬鹿を見る

121

他人のためにと 働いて 信用を 失くすのだから

オセロ

どういうことだ?!

わしには妻が 正直に 思えるし 不正直にも 思えてくるぞ

おまえのことが 正しいと 思えるし

正しくないとも 受け取れる 証拠が欲しい

わしの名誉は ダイアナのよう 清い色 だったのに

見ろ 今は このわしの 顔のよう

汚れ黒ずみ 果てている

縄か剣 毒薬か火か 窒息させる 小川でも 何かないのか?!

このままでなら 我慢ができん

納得できる 何かないのか?

イアゴ

どうも将軍 激情の 虜にと なられましたな

あんな話を したことを 悔やんでいます

将軍は 納得されたい?

オセロ

されたいかと? いや そうするのだぞ

イアゴ

そうすることも できましょう でも どうやって?

どうすれば 納得される ことになります?

ポカンと口を 大きく開けて 見物を なさるのですか?

28　ローマ神話 月の女神 狩猟の神であり、純潔の象徴。

122

奥さまが 男と 絡む 所へ 出かけ …

オセロ

何を言う！ 地獄に 落ちろ！

イアゴ

そのような 光景を お見せするのは

至難の業で ありましょう

他人の枕で 一緒になって 寝ている姿

夫に見せる ことなどは するべきじゃ ありませんから

そうすると どうなりますか？ どうしましょうか？

どう言えば いいのです？ どうしたら 納得される？

ご覧になるの 無理ですよ

たとえ二人が 盛りがついた 山羊のよう

毛猿のように 発情し 狼のよう 本能的で

酔いどれの 馬鹿だとしても 無理は無理

真実の 扉を開く 確実な 状況証拠

それで良いなら お示しするの 可能です

それで納得 いただけますか？

オセロ

デスデモーナが 不義働いた 明白な 事実は何だ⁉

イアゴ

そのお務めは 心苦しく 避けたいのです

でも この問題に 深く関わり

馬鹿正直な この性格が 後押しをして

こうなれば 包み隠さず 申します

最近の ことですが キャシオと共に 寝ておりました
この私 歯の痛みにて 眠れぬ夜を 過ごしたのです
世の中に ルーズな人が いますよね
寝ているときに 自分の情事 打ち明ける
キャシオなんかは その一人です
彼は寝言で こう言いました
「僕の可愛い デスデモーナ
気をつけようね 二人の愛は 隠しておこう」
そして キャシオは 私の手 握りしめ
「ああ 可憐な人よ！」そう叫び
激しく私に キスをした
まるで私の 唇にある キスというキス みんな皆
根元から 引き抜いて しまうかのよう
その次に 脚を絡ませ またキスをして
言った言葉は 「忌まわしい 運命だ
ムーアなんかに 君を与えて しまったことは！」

オセロ

悍ましい！ 何とこれ 悍ましい!!

イアゴ

いえ これは ただのキャシオの 夢ですよ

オセロ

このことは 前に経験 していたことの 証拠となるぞ
夢だとしても その疑いは 拭いきれんな

イアゴ

124

薄々感じた 疑いを 濃くさせるのは 確かです

オセロ

あの女 八つ裂きに してやるからな！

イアゴ

どうか理性を 忘れずに！

まだ何も 見たわけじゃ ないのですから

奥さまはまだ 貞節で いらっしゃるかも しれません

でも一つ 聞きたいことが あるのです

奥さまが 苺の刺繍 されている ハンカチを

使われるの 見られたことは ありますか？

オセロ

それなら わしが やった物だぞ

わしの最初の 贈り物だな

イアゴ

そうだとは 初耳ですね 実はその ハンカチですが

確かにそれは 奥さまの物——

今日それで キャシオが 髭を

拭いているのを 見かけたのです

オセロ

それがあの ハンカチならば——

イアゴ

そのハンカチが 奥さまの物

そう判別が できたなら 他の証拠など 重ね合わせて

奥さまに 不利なことにと なりますね

オセロ

ああ あの女 多くの命 ないならば 恨みは晴れぬ

たった一つの 命を奪う ぐらいでは 気が済まぬ

確証 得たぞ 事実なのだな

見ろ イアゴ わしの愚かな 愛のすべては

天に向かって 吹き飛ばすのだ

ほら 消えてしまった

黒い復讐 虚ろな地獄 抜け出して 立ち上がれ

ああ 愛よ その王冠と その王座

暴虐の 憎しみに 明け渡せ

毒蛇に牙で 噛まれたように 我が胸よ 腫れ上がれ！

イアゴ

冷静さ 取り戻しては もらえませんか？

オセロ

ああ 血だ 血だ 血だ！

イアゴ

しばらくは ご辛抱 願います

お気持ちも 変わること あるでしょう

オセロ

絶対に 変わらない あの黒海の 氷のような 潮流が

マルモラ海や ダーダネルス 海峡へ

とうとうと 流れ込む それに似て 復讐の わしの血流

勢いを増し 突き進むのみ

逆流したり 穏やかな 流れに戻る ことはない

126

尽きせぬわしの 復讐心が 一切を 飲み干すまでは

(跪く) 輝き放つ 天に懸け 厳かな 心にて

私はここに 誓約します

イアゴ

お立ちにならず そのままで　(跪く)

永遠に 輝き渡る 天上の 光たち 証人として

我らみんなを 包み込む 自然界に 存在してる

要素たち 証人として イアゴは彼の 知能や手

心のすべて 使い尽くして 名誉に傷を 受けられた 将軍に

捧げることを 誓います

冷酷な 命令であれ 将軍の ためならば

ためらわず 実行します　(二人は立ち上がる)

オセロ

おまえが言った 忠誠心に 感謝する

このわしは 口先だけで ないからな 心から そう思ってる

早速だがな 忠誠心を 実行に 移してほしい

三日以内に 報告いたせ キャシオは命 失ったとな

イアゴ

私の友の 命 確かに もらい受けます お指図通り

でも奥さまの お命だけは …

オセロ

地獄に落ちろ！ あばずれ女！ さあ ついて来い

わしは戻って 美貌の悪魔 素早く殺す 方法を 考える

今からは イアゴ おまえが 副官だ

イアゴ

　この私 いつまでも 将軍に お仕えします　（二人 退場）

第4場

路上

（デスデモーナ エミリア 道化 登場）

デスデモーナ

　副官イアゴ どこに泊まって いるのかを 知ってます？

道化

　どこにいるか？ そんなこと 嘘でもおいら 言えないよ[29]

デスデモーナ

　どうしてですか？

道化

　あの男 兵士です 兵士に対し

　嘘でも言えば 刺されちまうよ

デスデモーナ

　冗談じゃなく 今いる所 知ってるの？

道化

　あの人が いる所 教えたならば

29　原典 "lie"「泊まる（横たわる）/ 嘘をつく」の二重の意味がある。

おいらは嘘を つくことになる

デスデモーナ

どういう意味で そんなこと 言ってるの？

道化

どこに泊まって いるかなど 知ってるわけが ないんでね

こっちとか あっちとか 言ったりしたら 嘘になる

デスデモーナ

あの方を 捜し出し 報告しては くれません？

道化

あの人のため 世間の人に 問答を 挑みましょう

平たく言って 聞き回り 良い返事 もらいましょう

デスデモーナ

捜し出し ここに来るよう 言ってきて

彼のため 夫の心 動かして 見込みが出たと 伝えてね

道化

そんなことなら 人間でありゃ 誰だって できますよ

だから おいらは してあげる　（退場）

デスデモーナ

エミリア あのハンカチは 私どこに やったのかしら …

エミリア

どこでしょう … 分かりませんね

デスデモーナ

誓って言える ことですが あのハンカチを 失くすより

金貨で重い 財布でも 失くしたほうが まだましだった

私の主人 高潔な 将軍は 特に実直

嫉妬深くて 卑しい心 ないからいいわ

そうでなければ ハンカチを 失くしただけで

どうなってたか 想像も できないわ

エミリア

将軍に 嫉妬心など ないのです？

デスデモーナ

えっ?! あの人が？

彼の故郷の 太陽が そんな気質を 取り除いたの

エミリア

ご主人が いらっしゃったわ

デスデモーナ

あの人のそば 離れない

「キャシオ 復職 させてやる」

そうおっしゃって くださるまでは…

（オセロ 登場）

ご機嫌は いかがです？

オセロ

ああ 元気だよ〈傍白〉偽ることは 難しい――

おまえはどうだ？ デスデモーナ

デスデモーナ

元気でいます

130

オセロ

　手を見せてくれ 湿っておるな[30]

デスデモーナ

　年端も行かず 悲しみさえも 知らない手です

オセロ

　惜しみなく 誰にでも 心与える 証拠だな

　熱く 熱くて 湿ってる

　おまえのこの手 自由奔放 捨て去って

　節制の 必要性を 示しておるぞ

　断食と 祈りと苦行 信心に 努めねば ならぬから

　この手には 若く多感な 悪魔が宿る

　そいつが謀叛 起こさせる

　良い手をしてる 惜しみなく 与える手だな

デスデモーナ

　本当に そう言われるの 分かります

　私の心 差し上げた その手ですもの

オセロ

　おまえのは 気前の良い手

　以前 心と 手は共に 歩んだものだ

　今は手が 先に行く

　心が愛の エンブレムでは ないのだからな

デスデモーナ

30　湿った手は若さの象徴であったが、また「湿った手の女性」は好
　色だと考えられていた。

そのお話は 私には 何のことだか 分かりませんわ
それよりね あのお約束…

オセロ

何の約束？

デスデモーナ

あなたとの お話のため 私 キャシオを 呼んだのよ

オセロ

鼻水が出て 困ってる ハンカチを 貸してくれ

デスデモーナ

はい どうぞ これ…

オセロ

プレゼントした あのハンカチは？

デスデモーナ

今ここに 持ってませんわ

オセロ

持ってない?!

デスデモーナ

ええ本当よ

オセロ

それは困った わしの母
エジプトの 女から もらったものだ
その女はな 魔法使いで 占い師 人の心を 読むことができ

31　占星術を行うジプシーはエジプト人の末裔だと思われていた。

　母が言うには そのハンカチを 身に付けてれば
　妻の魅力は 失せずして 夫の愛を 独占できる
　紛失したり 譲ったならば 夫の目に 嫌悪の色が 現れて
　夫の心 新たな恋を 求めて去ると 言われてた
　死の間際 母はそれ わしに手渡し
　幸いに 妻を娶る日 来たならば 妻に贈れと 遺言された
　それに このわし 従った
　だからそれ 自分の目と 同じほど 大切に するのだぞ
　失くしたり 人にあげたり したならば 身の破滅だぞ

デスデモーナ

　そんなこと … 本当に？

オセロ

　本当だ あのハンカチは 魔法が中に 織り込まれてる
　二百年間 生きていた巫女
　異次元の 意識の中で 仕上げたものだ
　聖堂で 清められた 蚕の糸で 織られた後に
　魔法によって 乙女のミイラ その心臓 取り出して
　それ染料にし 染められたのだ

デスデモーナ

　まさか それ 事実です？

オセロ

　紛れもない 事実だからな 気をつけるのだ

デスデモーナ

　そんな物なら 見なければ 良かったわ

オセロ

　ハァ?! どうしてだ⁉

デスデモーナ

　どうしてそんな 怖いほど
　攻撃的な 言い方を なさるのですか?!

オセロ

　失くしたか⁉ なくなったのか?! 置き忘れたか！

デスデモーナ

　どうしたら いいのです？

オセロ

　何だって?!

デスデモーナ

　失くしては おりません
　でも もしかして 失くしていたら…

オセロ

　何だと！

デスデモーナ

　失くしてなんか いないから…

オセロ

　それなら それを 持ってこい！
　わしにハンカチ 見せるのだ

デスデモーナ

　まあ！ お見せしますわ でも 今はだめ
　このすべて 私の願い はぐらかす 手段なのです?!

134

　　どうかキャシオを 元の地位に 戻してあげて くださいね

オセロ

　　ハンカチを 取ってこい！ 不安でならぬ

デスデモーナ

　　ねえ あなた あれほども 有能な方
　　どこ探しても いらっしゃらない

オセロ

　　ハンカチだ！

デスデモーナ

　　お願いだから キャシオのことを…

オセロ

　　ハンカチだ！

デスデモーナ

　　ずっと今まで あなたの下で 寵愛を受け
　　立派に人生 送られて
　　危険も共に 乗り切って こられた方よ

オセロ

　　ハンカチだ！

デスデモーナ

　　実際 あなた 良くありません

オセロ

　　急いでしろよ！　（退場）

エミリア

　　嫉妬心 あれでないとは 私には 思えませんね

デスデモーナ

こんな彼 見たのは私 初めてのこと

きっとあの ハンカチに 不思議な何か あるのだわ

あれを失くして とっても惨め

エミリア

男なんかは 一年や 二年では 分からないもの

男って 胃袋で 私たち 食べ物なのね

男は女 貪り食って 満腹すると 吐き出すのです

(イアゴ キャシオ 登場)

あら キャシオ その後に うちの人

イアゴ

他に手段は ありません 奥さまの 手を借りないと

おや 幸運が 転がっている さあ行って お願いなさい

デスデモーナ

お元気? キャシオ どうされてたの?

キャシオ

奥さま 例の お願いの 件ですが

奥さまの お力添えを いただけたなら 生き返れます

そうなれば 尊敬してる 将軍の 配下となって

務められます もう待てません

私の罪が 絶対的で 過去の業績

現在の 悲惨な状況 将来に 為し得ることも

将軍の 寵愛を 勝ち得るに 値しない ものならば

それ知るだけで 満足します

無理をしてでも 自分で自分 諦めさせて

運命の 施しに すがりつつ 身の処し方を 考えましょう

デスデモーナ

ごめんなさいね 心優しい あなたのための

説得が まだうまく いってないのよ

どうしてか 私の主人 普通じゃないの

顔つきも 機嫌のように 変わったならば

誰だか私 分からなかった

神に誓って あなたのために 言えるすべてを 言いました

言い過ぎたのか 私まで 不興を買って しまいましたわ

もうしばらくは ご辛抱 願います

できる限りは やりますからね

自分にならば しないことまで してあげるので

それで満足 してくださいね

イアゴ

将軍は お怒りですか?

エミリア

たった今 出て行かれたの いつもと違い イライラし …

イアゴ

あの方が お怒りになる?

砲撃を受け 我が軍勢が 吹っ飛ばされた ことがある

そばにいた 肉親の 弟も 消し去られたが

平然と されていた
それなのに 感情を 害される?!
よほど何かが あったのですね
お会いして 参ります 怒られるには
何か原因 あるでしょう

デスデモーナ

どうかそうして くださいね　（イアゴ 退場）
ヴェニスの政治 あるいはここの
キプロス島で 陰謀の 発覚か
きっと何かが あの人の 澄んだ心を 汚したのだわ
こんなとき 本当の 関心事 大きなことで あるはずなのに
男の人は 些細なことに 八つ当たりする
指先が 痛み出したら 体の他の 健康な ところまで
痛み感じる そういうことね 男性だって 神様じゃない
結婚式の 心遣いを いつまでも 期待するのは
間違ってるわ
とんでもないわ この私 新米の 兵士だわ
あの人の 不親切 責めたりしてた
無実の人を 告訴していた ようなもの

エミリア

奥さまが お思いのよう
国の政治の ことならば いいのですけど
奥さまの身に 降りかかる 邪推や嫉妬
そうでないこと 祈ります …

デスデモーナ

　まあ そんなこと！ 疑われたり する理由 何もないわよ

エミリア

　でも 嫉妬心って そんな問題 ではないのです

　正当な 理由があって 嫉妬心 起こるのでなく

　嫉妬深いと ただそれだけで 嫉妬するので

　嫉妬心 自分で生まれ 自分で育つ 怪物ですよ

デスデモーナ

　そんな怪物 オセロの心に 取り憑かないで…

エミリア

　奥さま 私も そう願います

デスデモーナ

　主人がどこか 捜してきます

　キャシオ このあたりに いてくださいね

　ご機嫌が 良ければ 私 あなたのことを お話しします

　できるだけ うまくいくよう 説得します

キャシオ

　心から ありがたく 思っています　（二人の女性 退場）

（ビアンカ 登場）

ビアンカ

　あら キャシオ！

キャシオ

なぜここに 来てるんだ？
ところで君は 元気だった？ 僕のビアンカ
君のところへ 行くつもり だったのに…

ビアンカ

私もよ キャシオ あなたの宿へ 行くところなの
一週間も 見なかったわね 七日七晩！ 160と 8時間
恋する人を 待つ身には 160倍 長いんだから
計算も できないぐらい…

キャシオ

悪かった ビアンカ
鉛のように 心が重く 苦しんでいた
これからは その償いで 長くいて あげるから
大好きな ビアンカ
（デスデモーナのハンカチを手渡しながら）
この模様 写し取っては くれないか？

ビアンカ

まあ キャシオ どこで手に 入れたもの？
新しい 恋人の ものなのね
寂しい思い させられた 原因が 分かったわ
こういうことね いいわ もういい！

キャシオ

いい加減にしろ！
変な邪推は もらった悪魔に 叩き返して くるがいい
どこかの女性が 愛の印と くれた物だと 思っているな

140

誓って言うが 大違い!

ビアンカ

じゃあ 誰なのさ?

キャシオ

それが僕にも 分からない 僕の部屋で 見つけたものだ

模様がとても 気に入ったので 写しを取って くれないか?

いつの日か 返してくれと 言われるだろう

持って帰って してくれないか?

それでだな 悪いが今は 帰っておくれ

ビアンカ

帰れって? どうしてなのよ

キャシオ

将軍が 来られるの 今ここで 待っている

女性と共に いるところ 見られるの まずいんだ

ビアンカ

なぜ まずいのさ?

キャシオ

君のこと 愛してないって わけじゃない

ビアンカ

愛してないに 決まってる

じゃあ そのあたりまで 送ってよ

それに 今夜は 会いに来るって 約束してね

キャシオ

そのあたりまで それだけだぞ 分かったな

僕はここで 待っていないと まずいんだ
すぐ会いに 行くからな
ビアンカ
それならいいわ 許してあげる　（二人 退場）

第4幕

要塞の中庭

（オセロ イアゴ 登場）

イアゴ
そうお思いに なりますか？

オセロ
そう思うとは？

イアゴ
いえ 別に 隠れてキスを してるとか

オセロ
恥ずべきキスだ

イアゴ
一時間ほど 男の友と 全裸になって ベッドに入り
悪気なんかは ちっともなくて…

オセロ
全裸になって ベッドに入り 邪心なく？
偽善によって 悪魔欺く 行為だな

貞節だなど 言い張って そんな行為を するのなら
悪魔なんかに 唆されて 天の神 試す所業で 言語道断

イアゴ

もし二人 実際に 何もしないと いうのなら
咎めることは ありません
でも この私 妻にハンカチ プレゼント したのなら…

オセロ

したのなら どうなると いうのだな?!

イアゴ

与えたのなら 妻のもの 妻のものなら それ誰に
与えようとも 妻の自由で…

オセロ

妻というのは 貞節を 守るべき
それさえも 誰にでも 与えていいと 言っておるのか

イアゴ

貞節なんて 目に見えぬもの 失くしてるのに
ある振りをする 女が多く いますよね
でもハンカチは――

オセロ

嫌な話だ 忘れたかった ことだから おまえは言った
―― ああ 疫病に 取り憑かれてる 家の屋根に
やって来て 不吉な予言 告げるカラスの ようだとな
――あの男 わしのハンカチ 持ってたと

イアゴ

144

そうですが それが何です？

オセロ

それは良くない

イアゴ

私がもしも あの男 将軍を 裏切るの 見たと言ったら？

あの男 そういうの 聞いたなど 言ったなら？——

世間には そういう輩が おりますね

しつこく口説いて モノにしたとか

しつこく女 せがむので ヤッたとか

べらべらと しゃべらないでは いられぬ奴が——

オセロ

あいつは何か 言ってたか？

イアゴ

言ってましたよ でも 気になさらずに

ヤッていないと 言えば済むこと

オセロ

何と言ってた？

イアゴ

実際に ヤッたとは 言いました

でも 何を やったのか 分かりませんね

オセロ

何なのだ?! 何をしたのだ!?

イアゴ

寝たとか…

オセロ

　あの女とか？

イアゴ

　　そうですよ 横や上で 好きなように…

オセロ

　一緒に寝ると? 上にねる? 世間の者が デスデモーナを
　貶（おとし）めるとき 彼女損ねる あれと寝る?!

　ぞっとする 悍ましい！

　ハンカチだ 自白させ ハンカチだ

　自白させ 縛り首に してやるぞ

　いや まず先に 首を絞め その次に 白状させる

　思っただけで 身の毛がよだつ 誰かの誘い ないならば

　こんなにも 黒い欲情 燃え上がらせる わけがない

　こんなにも このわしを 震えさせるの

　言葉だけじゃ ないからな

　何だって? 鼻と鼻 耳と耳 唇と唇 重ね合わせて …!?

　そんなこと あっていいのか!?

　自白させ ハンカチを！ ああ 悪魔だな

　（気絶して倒れる）

イアゴ

　ほら 効いた 俺の薬が 功を奏した！

　純真な 馬鹿どもは 簡単に 引っかかる

　貞節で ご立派な ご婦人たちは 罪もないのに 叱責受ける

　どうされました? 将軍！ 閣下！ ねえ オセロ将軍！

146

（キャシオ 登場）

　おや キャシオ？
キャシオ
　どうかしたのか？
イアゴ
　将軍が 癲癇の 発作を起こし 倒れたんだよ
　これで二度目だ 昨日もあった
キャシオ
　こめかみを 摩ってあげろ
イアゴ
　いや 何も しないでおくが 一番いいぞ
　昏睡状態 触らぬほうが いいからな
　そうしなければ 口から泡を 吹き出して
　だんだんと 狂暴に なってくる ほら 動き出された
　しばらく あちら 行ってくれぬか？
　すぐに 良く なられるだろう
　将軍が どこかへと 行かれたら
　重大な 用件で お話がある　（キャシオ 退場）
　ご気分は いかがです？ 将軍 頭など 痛みませんか？
オセロ
　このわしを からかうか?!
イアゴ

からかうなんて 大それたこと

　　男とし ご自分の 運命を

　　甘んじて 受け入れられるの 願っています

オセロ

　　角を生やした 男など 怪物で 野獣であるぞ

イアゴ

　　大きな町は 野獣だらけに なりますね

　　紳士然たる 怪物も 横行します

オセロ

　　あの男 白状したか?!

イアゴ

　　男とし 威厳ある 態度保って いてくださいよ

　　結婚という 制限枠に 縛られた 髭を生やした

　　男たち 同じ憂き目に 遭ってます

　　自分一人の ベッドだと 思い込み

　　不義のベッドで 安閑として

　　寝ている男 何万も いるはずですね

　　将軍なんか まだましですよ そのことが 知れたのだから

　　安心しきり ベッドの中で 浮気な女 舐め回し

　　貞淑だなど 思うのは 地獄の呪い

　　悪魔の悪戯 受け入れるのと 等しい行為

　　私なら 知っておきたい

32　妻を寝取られた夫の頭に生えるという嫉妬の角。

148

自分の立場 知ったなら どういう風に
女など 扱えば いいのかが 分かるはず

オセロ

おまえのほうが 賢明だ その通りだな

イアゴ

この場から 少しだけ 離れていては もらえませんか?
くれぐれも ご辛抱 お願いします
将軍が 悲しみに 卒倒されて おいでのときに
キャシオが姿 現しました
——将軍として 相応しくない 取り乱しよう
そのときのこと うまくその場は 取り繕って 追い払い
話あるので しばらく後で 戻って来いと 言いました
キャシオ戻ると 約束し この場をそっと 去りました
どこか近くに 身を隠し
彼がどんなに 冷笑し 嘲笑い 侮蔑の気持ち
表情に 現すか ご覧ください
もう一度 例の件 持ち出して 話をさせて やりましょう
どこで どうして どれぐらい 頻繁に
いつからなのか いつまた抱いて 奥さまとヤルのかを
いいですか⁉ キャシオの身振り とっくりと 観察を…
どうか我慢を してくださいね
それさえも できないのなら
自制心なく 男とは 言えません

オセロ

イアゴ よく聞けよ！
　　このわしは 忍耐にては 誰にも引けを 取らぬから
　　もう一つ 覚えておけよ 誰よりも 残虐で あることを
イアゴ
　　心得て おりますからね
　　でも時を わきまえて 今はどこかに
　　隠れていては もらえませんか？
　　（オセロは声の届かない所へ身を隠す）
　　〈傍白〉キャシオには ビアンカのこと 聞いてやる
　　体を売って パンと衣服を 買っている 女だからな
　　その女 キャシオにだけは 首ったけ
　　因果なものだ 多くの男 騙しておいて
　　一人の男に 騙される
　　キャシオの奴め そんな女の 話を聞けば
　　ニヤニヤと 笑い出すのに 決まってる
　　ああ ちょうど ここに キャシオが やって来た

　　（キャシオ 登場）

　　キャシオが笑う 度ごとに オセロどんどん 狂っていくぞ
　　嫉妬など 経験のない 奴だから
　　あのキャシオ 笑う顔 陽気な姿 仕草など
　　見ているだけで 曲解するに 違いない
　　調子はいかが なのですか？ 副官殿

150

キャシオ

　その肩書で 呼ばれると 益々つらい

　失職をして 絶望的だ

イアゴ

　奥さまに 頼まれたから 大丈夫です

　ビアンカの 一存で 決まるなら

　こんな話は すぐに解決 するのでしょうが…

キャシオ

　まあ ちょっと 哀れな奴だ

オセロ

　もうあんなにも 笑っているな

イアゴ

　あれほども 一人の男 一途に愛す 女など 見たこともない

キャシオ

　愚かな奴だ 僕のこと 心から 愛してる

オセロ

　今 キャシオ さり気なく 打ち消して

　笑い飛ばして いるではないか！

イアゴ

　キャシオ 言うべきことが あるのです

オセロ

　今 イアゴ 例の話を キャシオにさせる ところだな

　ああ それでいい べらべらしゃべれ

イアゴ

ビアンカは 副官が 嫁にもらって くれるなど
　　触れ回ってる そのおつもりで？

キャシオ

　　ハ ハ ハ！

オセロ

　　勝ち誇るのか?! キャシオ おまえは 凱旋した ローマ人？
　　勝ち誇る⁉

キャシオ

　　この僕が 結婚を？ 売春婦と？
　　僕の知能を そう低く 見積もらないで もらいたい
　　それほど馬鹿じゃ ないからな ハ ハ ハ！

オセロ

　　そう そう そうだ 勝つ者は 笑う者！

イアゴ

　　でも副官が ビアンカと 結婚すると いう噂 広まってます

キャシオ

　　嘘だろう

イアゴ

　　嘘なんかでは ありません

オセロ

　　このわしを 見くびるな！

キャシオ

　　あの雌猿が 自分勝手に 触れ回ってる だけのこと
　　僕に熱上げ 結婚できる そう思ったに 違いない

僕にはそんな 約束を した覚えなど 何もない

オセロ

　イアゴが合図 送ってる 例の話を 始めるな

キャシオ

　先ほども ここに現れ 付き纏（まと）ってき

　僕のそば 離れようとは しないんだ

　先日も 海岸で ヴェニスの人と 話していると

　こんな様子で しなだれかかり 抱きついて きたんだよ

オセロ

　「ああ 大好きな キャシオさま」

　そうとでも 言ってるのだろう

　あのジェスチャーで そう読み取れる

キャシオ

　あの女 しがみつき しなだれかかり 泣き出したんだ

　こんなに僕を 揺すったり 引っぱったりし …

　ハハハ！

オセロ

　今の話は デスデモーナが キャシオを連れ

　わしの寝室 入り込む 様子示して いるのだな

　キャシオの鼻が 見えたけど その鼻を 削ぎ落としても

　くれてやる犬 見つからぬ

キャシオ

　彼女とは そろそろ縁を 切らないと

イアゴ

大変だ ビアンカが やって来る

（ビアンカ 登場）

キャシオ

ふしだらな 女が来たな 香水女[33]と 結婚なんて
するわけないよ
どうして僕を 付け回すのだ?!

ビアンカ

あんたなんかは 悪魔か何か 取り憑かれたら
いいんだわ！
どういうことよ?! あんたがさっき 手渡した
ハンカチは!?
受け取ったりし 何て私は 馬鹿だったのか!?
その刺繍 写し取るなど 頼まれて …
あんたなら 言いそうなこと
部屋の中 落ちているのを 見つけたなどと
誰のものかも 分からないなど！
よくそんなこと 言えたもんだね！
どうせどこかの あばずれに もらったものに 違いない
何で私が そんな刺繍を 写さなくちゃ いけないの?!
叩き返して やるからね！ （ハンカチを投げ捨てる）

33　当時、巷では香水をつけた女は売春婦と同一視された。

　どこかの娼婦に くれてやったら！
　誰からあんた もらったのかは 知らないけれど
　写し取るのは ごめんだよ！

キャシオ

　どうかしたのか？ 僕の可愛い ビアンカよ
　どうしたんだい？ 落ち着いて くれないか

オセロ

　何てこと！ あれ わしの ハンカチだ！

ビアンカ

　もし今夜 夕食に 来たいなら 来てもいいわよ
　来ないなら 二度と来なくて いいからね　（退場）

イアゴ

　追いなさい！ 後を追ったら いいのです！

キャシオ

　確かにそうだ そうしないなら あの女 きっと路上で
　叫び回るに 決まってる

イアゴ

　あれの所で 夕食か？

キャシオ

　ああ そのつもり しているが…

イアゴ

　機会があれば お訪ねするかも しれません
　是非お話が したいのですが…

キャシオ

来てくれるのを 待っている きっとだぞ

イアゴ

さあ早く 追いかけて もう何も 言わないで

（キャシオ 退場）

オセロ

（前面に出て来て）イアゴ どうやって キャシオ殺せば
いいだろう?!

イアゴ

自分の不倫 笑っていたの ご覧になった はずですね

オセロ

ああ イアゴ！

イアゴ

ハンカチを 見られましたか？

オセロ

確かにあれは わしの物かい？

イアゴ

誓ってあれは 将軍の物
でも 何ですか!? 奥さまを 馬鹿にして…
奥さまに 頂いた ハンカチを
娼婦なんかに 譲るとは！

オセロ

9年かけて 殺したい
立派な女性 きれいな女性 優しい 女性だったが…

イアゴ

もうそのことは お忘れを！

オセロ

分かっておるぞ

あの女 腐りゆき 朽ち果てて 今夜のうちに 地獄行き

あの女 生かしておくこと できぬから

わしの心は 石と変わった 手で打ったなら 手が痛む

ああ この世界には あれほどの 可愛い女 いないだろうよ

皇帝の そばにいて 皇帝を 操ることも できるであろう

イアゴ

そのように 考えられては なりません

オセロ

何てこと！ わしはただ 彼女のことを ありのまま

言ってるだけだ

針仕事 てきぱきこなし 音楽に 秀でているし

あれが歌えば 獰猛な 熊でさえ おとなしく なるだろう

知性に 優れ 想像力が 豊かであるな

イアゴ

それだからこそ いけないのです

オセロ

ああ 千倍も 千倍も いけないな

その上に 性質は 生まれつき 優しくて …

イアゴ

そう 優し過ぎです

オセロ

いやそれは 確かだが 哀れなことだ

イアゴ ああ 哀れなことだ

イアゴ

奥さまの 不倫のことを それほどまでに

大目に見たいと おっしゃるのなら

いっそ 免許を お与えに なってはいかが？

将軍が それでいいなら

他の誰にも 迷惑でさえ ないのですから

オセロ

あの女 切り刻み 粉々に してやるぞ！

不倫など しているなどは！

イアゴ

奥さまの それが問題

オセロ

わしの将校 相手だぞ！

イアゴ

大問題だ

オセロ

イアゴ 毒薬 用意しろ 今夜にだ

諭したり する気はないぞ

あの美しい 体を見れば わしの決意が 鈍るから

今夜だぞ イアゴ

イアゴ

毒薬は 良くないですね

奥さまが 穢された ベッドの上で 絞め殺したら
いかがです?

オセロ

よし それがいい 正義を為すと いうことが 気に入った
それで殺る

イアゴ

キャシオのほうは 私にと お任せを!
真夜中までに ご報告 いたします

オセロ

なかなか 良いな! (トランペットの音)
何かあったか?

イアゴ

ヴェニスから お使いでしょう

(ロドヴィーコ デスデモーナ 従者たち 登場)

ほら あれは ロドヴィーコさま 大公からの お使いですね
奥さまも いらっしゃいます

ロドヴィーコ

神の恵みが 将軍に!

オセロ

ありがとう ございます

ロドヴィーコ

大公や 元老院の方々も よろしくと おっしゃってます

（手紙を手渡す）

オセロ

謹んで 拝見します　（開封して 読む）

デスデモーナ

何か変わった ことでもあって？ ロドヴィーコ

イアゴ

お久しぶりで ございます

キプロス島へ ようこそお越し くださいました

ロドヴィーコ

副官キャシオ どうしておるか？

イアゴ

元気でいます

デスデモーナ

ロドヴィーコ あの人と 主人の間 亀裂が入り

困っているの

仲直りには あなたの力 必要ですわ

オセロ

確かにそうか？

デスデモーナ

あなた 何か？

オセロ

（読む）「この件は 確_{しか}と実行 されるべき …」

ロドヴィーコ

呼ばれたのでは ありません 声に出し 手紙を読んで

　いられたのです
　ご主人と キャシオとが うまくいっては いないのですね

デスデモーナ

　とても不幸な ことですの 仲直り できるなら この私
　できることなら 何でもするわ
　キャシオのことが 大好きだから

オセロ

　硫黄の火にて 焼かれるがいい！

デスデモーナ

　どうなさったの？

オセロ

　正気でそれを 言ったのか?!

デスデモーナ

　どうしたの？ 怒っているの？

ロドヴィーコ

　手紙のことで 気に障っての ことでしょう
　後任として キャシオを残し
　将軍に 帰国命令 出たようですね

デスデモーナ

　まあ それは 嬉しい知らせ

オセロ

　本当か？

デスデモーナ

　ええ？ あなた

オセロ

　おまえ狂って いるのが分かり わしも嬉しい

デスデモーナ

　どうなさったの？　優しいオセロ …

オセロ

　悪魔めが！　　（彼女を叩く）

デスデモーナ

　このようなこと される覚えは ありません

ロドヴィーコ

　今のこと 私が確と 見たのだと ヴェニスにて

　証言しても 誰も信じて くれないでしょう

　やり過ぎですね

　奥さまに 謝罪すべきじゃ ありません⁉

　泣いておられる

オセロ

　ああ 悪魔だ 悪魔！

　もし この世 女の涙で 溢れるのなら

　デスデモーナの 落とす涙の

　一滴 一滴 ワニとなるはず

　とっとと失せろ！

デスデモーナ

　気に障るなら 退出します　　（出て行こうとする）

34　ワニは人を食べるとき、涙を流すと信じられていた。

162

ロドヴィーコ

　本当に 従順な 女性だな

　将軍 どうか 呼び戻しては いただけません？

オセロ

　そこの奥さん！

デスデモーナ

　はい 何か？

オセロ

　こいつには 何の用事 あるのです？

ロドヴィーコ

　何だって？ この私 用がある？

オセロ

　そうですよ 呼び戻すよう わしに言われた はずですが…

　この女 心変わりも するけれど

　体位でさえも 相手次第で

　ころころ変えて やり続けてる

　それに泣きます 泣くことも できるのだ

　従順ですね おっしゃる通り 従順だ

　誰にでも 従順だ さあ 泣けばいい

　手紙の件で——悲しい素振り しておるが！——

　帰国命令 もらってる どこかに失せろ！

　しばらく 後で 呼びにやる

　命令に従って すぐにヴェニスに 戻ります

　——とっとと失せろ！　（デスデモーナ 退場）

後はキャシオに 任せます

　　今宵の宴 ご一緒に お願いします

　　キプロス島へ よくお越し くださいました

　　——盛りのついた 山羊や猿めが！　（退場）

ロドヴィーコ

　　このムーア 元老院の 全員が 有能という 人物なのか？

　　感情に 流されたりは 絶対にない 人物なのか?!

　　予期せぬ 危険 偶発的な 災難に 動じない 人物なのか!?

イアゴ

　　将軍は 随分と お変わりに なりました

ロドヴィーコ

　　精神に 異常きたして いないのか？ 気でも触れたか?!

イアゴ

　　だいたい いつも あのようですが…

　　私が口を 差し挟むべき 事柄で ありません

　　でも そうでなければ いいのにと 願っています

ロドヴィーコ

　　奥さまを 殴るとは！

イアゴ

　　本当に あれは良くない ことでした

　　あれだけで 事が済めば いいのですがね…

ロドヴィーコ

　　あんな様子が いつものことか？

　　手紙が彼の 激情を 駆り立てて

  あんなことにと なったのか？

イアゴ

  この私 目撃し 知っていること 話すのは

  忠誠心に 悖^{もと}ります

  将軍の 行いを ご覧になれば

  自^{おの}ずとそれが お分かりに なるでしょう

  そうなれば 話す必要 ありません

  将軍に 付き従って ご様子を ご観察 お願いします

ロドヴィーコ

  あの男 どうも私は 見損なって いたようだ　（二人 退場）

第2場

要塞の一室

  （オセロ エミリア 登場）

オセロ

  それでは おまえ 見たことは なかったのだな

エミリア

  見ても聞いても おりません

オセロ

  キャシオと妻が 一緒のところ 見ておるな

エミリア

見ておりますが 普通のことで…
お二人の 会話はすべて 聞いております

オセロ

それならば 囁き合うか そんなことなど なかったか？

エミリア

　一度たりとも

オセロ

席を外せと 言われたことは？

エミリア

　一度たりとも ありません

オセロ

扇とか 手袋 仮面³⁵ 何かを取りに やらされたとか？

エミリア

　絶対に ありません

オセロ

　奇妙なことだ

エミリア

神に誓って 奥さまは 誠実で いらっしゃいます
もしそうで ないなどと そんな考え おありなら
どうかそれ お捨てください
ご自分の お心を 乱すだけです
将軍の お心に そんな気持ちを 起こさせた 悪党いれば

35　ヴェニスは仮面で有名な地。

166

　天罰を 与えられれば いいのです！
　奥さまが 正直で 貞節で 誠実で ないのなら
　この世には 幸せな 夫など たった一人も いませんわ
　どんなに清い 妻がいようと
　奥さまの 足元にさえ 及ばない
オセロ
　デスデモーナに ここに来るよう 言ってくれ
　（エミリア 退場）
　なかなかうまく 言い逃れ しておるな
　あれぐらい 言えないと 娼婦の 侍女は 務まらぬ
　デスデモーナは あばずれだ
　クローゼットに 秘密を隠し 鍵をかけ
　そうしておいて 跪き 神に祈りを 捧げてる
　わしは それ 見たことが あるからな

　（デスデモーナ エミリア 登場）

デスデモーナ
　何のご用で？
オセロ
　そばに来てくれ
デスデモーナ
　何でしょう？
オセロ

おまえの目 見せてくれ わしの顔 よく見るのだぞ

デスデモーナ

恐ろしいこと 考えて いらっしゃるのか…

オセロ

（エミリアに）いつもの仕事 すればいい 女将さん

お客さん 二人っきりに しておいて

ドアを閉め 誰か来たなら 咳払い「エヘン」と言って

商売だ さあ商売を すればいい

しっかりと 働くのだな！ （エミリア 退場）

デスデモーナ

（跪き）お願いします

どんなつもりか 打ち明けて くださいません？

お言葉で お怒りが あることは 分かるのですが

お言葉が 分かりません

オセロ

ところで聞くが おまえは誰だ?!

デスデモーナ

妻ですよ 誠実で 忠実な あなたの妻よ

オセロ

さあ そう誓い 地獄に落ちろ

見かけだけ 天使のような おまえだからな

悪魔さえ おまえを見たら 捕らえ損ねる かもしれぬ

それ故に おまえなど 二重にも 地獄落ち

正直者と 誓うのだ！

デスデモーナ

　神様が ご存知ですわ

オセロ

　確かに神は 不実なおまえ ご存知だ

デスデモーナ

　誰に対して 不実だと?!

　誰と不実な ことでもしたと 思われるのです？

　この私 どうしてそんな ことなどを⁉

オセロ

　ああ デスデモーナ！ 消え失せろ！

　今すぐここを 出て行って どこかに消えろ！

デスデモーナ

　ああ 何て 悲しい日なの…

　どうして泣いて いらっしゃるの…

　涙を流す その原因は 私なのです？

　私の父が あなたの帰国

　画策したと お思いに なったとしても

　私のせいと 思わずに いてくださいね

　あなたがもしも 父と縁切り なさるのならば

　私も共に 縁を切ります

オセロ

　神が私に 苦悩の試練 お与えになり

　あらゆる苦痛 あらゆる恥辱

　この頭上にと 雨となり 降り落ちて

喉元までも 貧困の水 押し寄せようと
この体 この望み 束縛を受け 自由では なくなろうとも
一粒の 忍耐を 心の隅の どこかには
見つけ出すこと できるはず
ああ 何ということ！ 嘲りの 対象となり
後ろ指 さされても
それさえも 耐えてみせるぞ 何とかうまく 切り抜ける
だが わしの 心預けた 場所であり
生きるも死ぬも わしの原点
わしの命の 源の 泉だからな 涸れたなら わしの終焉
その場から 打ち捨てられて …
我が泉 忌まわしい ヒキガエルらが
群がって 繁殖いたす 水溜まりにと されるとは！
幼くて 薔薇色の 唇をした 天使であった おまえたち
「忍耐」よ 顔色を 変えるのだ
そうなれば このわしも 陰惨な 顔つきに
ならざるを 得ないのだ

デスデモーナ

どうか私の 誠意信じて いただけません？

オセロ

ああ 信じるぞ 卵から すぐに生まれる 夏のハエ
屠殺場に 群がるように
おまえなど 有害な 雑草だ
見た目には 美しく 甘い香りが 漂って

170

そのせいで 感覚が 疼^{うず}くのだ

おまえなど 生まれなければ 良かったのだ

デスデモーナ

ああ 知らないうちに

どんな罪 私 犯して しまったのです？

オセロ

ここにある きれいな紙や 素晴らしい 本などは

娼婦という字 書くために 作られたのか？

何を犯した？ 犯したと?!

行きずりの 客を引く 淫売^{いんばい}め！

おまえがしてる ことなどを このわしが 口に出したら

わしの頬 溶鉱炉にと なり果てて

慎みの 心さえ 燃え尽きるだろう

どんな罪 犯したと?!

天さえも 鼻を塞いで 月さえも 目を閉じて …

出会うもの すべてにキスを するという 浮気な風も

大地の穴に 身を潜め 耳を塞いで いるだろう

どんな罪 犯したと !?

デスデモーナ

神に誓って 誤解です

オセロ

何だって?! 売春婦では ないのだと？

デスデモーナ

そんな者では ありません！

敬虔な クリスチャンです
主人のために この体 不義の男の 手に触れさせぬ
そのことが 売春婦でない 証拠なら
絶対に この私 売春婦では ありません

オセロ

何だって?! 売春婦では ないのだと ?

デスデモーナ

神に誓って 申します

オセロ

それ 本当か?!

デスデモーナ

あり得ない お話ですわ

オセロ

そうならば わしはおまえに 赦しを乞わねば ならないな
わしはおまえを オセロ娶った ヴェニスの町の
狡猾な 売春婦だと 勘違い しておった
(声を上げて) おい 女将さん !

(エミリア 登場)

天国の鍵 預かっている 聖ペトロとは 逆さまで
地獄の鍵を 持っている 女将さん !
そう そうだ あんたのことだ
我々は すべきこと やり終えた

172

見張りの駄賃だ 取っておけ

今日のことには 鍵をかけ わしらのことは 内密に　（退場）

エミリア

あの方は 一体何を 考えて いらっしゃるの？

奥さま どうか なさいましたか？ 大丈夫です？

デスデモーナ

本当に 悪夢のようで…

エミリア

ご主人は どうかなさった かもしれません

デスデモーナ

ご主人って 誰？

エミリア

私の閣下の ことですよ

デスデモーナ

あなたの閣下？

エミリア

奥さまの ご主人ですよ

デスデモーナ

私には そんな人など いませんわ

どうか 何も 言わないで エミリア

泣くことも できないの

返事さえ できないわ ただ涙 流れるだけよ

どうか お願い ベッドに今夜

婚礼の夜の シーツを敷いて くださいね

忘れないでね
それから イアゴ ここに呼んでは くれません？
エミリア
本当に 恐ろしい 変わりよう　（退場）
デスデモーナ
こんな目に 遭うのだって 当然なのよ
でも私 何をしたと いうのでしょうか？
些細なことで 咎められ…

（エミリア イアゴ 登場）

イアゴ
奥さま 何か ご用でしょうか？ ご機嫌は いかがです？
デスデモーナ
どう言えば いいのかしらね
幼い子供に 教えるときに 優しい言葉 簡単なこと
それから始め 慣らしていくわ
将軍も 私には そのようにして
叱るにしても それを踏まえて してほしかった
だって私は 叱られたこと ないのですから…
イアゴ
何か問題 あったのですか？
エミリア
イアゴ それ あったのよ

　ご主人が 奥さまを 売春婦 呼ばわりし

　侮辱して ひどいこと おっしゃったのよ

　まともには 聞くに堪えない ことまでも

デスデモーナ

　（イアゴに）私って それだけの 女なの？

イアゴ

　それだけの 女とは？

デスデモーナ

　私の主人 そう言ったと 今エミリアが 言ったでしょ

エミリア

　ご主人は「売春婦」って おっしゃった

　酒の入った 乞食でも 自分の女に そこまでは

　言わないでしょう

イアゴ

　なぜ そんなこと 言われたのです？

デスデモーナ

　それが ちっとも 分からない

　分かってるのは この私 そんな女じゃ ないってことよ

イアゴ

　泣いたりなんか よくありません 何てことです?!

エミリア

　奥さまは 数多く 良い縁談を 断って

　お父さま お国や友も 捨て去って

　ご主人に 付き従って きた挙句

娼婦呼ばわり されたなら

泣かないで いられるわけが ないでしょう

デスデモーナ

私は運が 悪いのよ

イアゴ

将軍は けしからん！

どうしてそんな 幻惑が 起こったのです?!

デスデモーナ

全くわけが 分からないのよ

エミリア

心根の 腐りきった 悪党か 邪で 腹黒い ゴロツキか

ペテン師の いかさま野郎 良い地位を 得るために

こんな中傷 考えたのに 決まってる 絶対そうよ

イアゴ

バカなこと 言うんじゃないぞ そんな奴 いるわけがない

あり得ない！

デスデモーナ

もしそんな人 いるのなら

どうか神様 お赦しを お与えに なってください

エミリア

そんな奴 首吊り刑が お似合いよ！

地獄で骨が バラバラに されてしまえば いいんだわ！

奥さまは なぜ 娼婦だなどと 呼ばれたのかしら？

相手は誰と いうのでしょうね？

どこで? いつ? どうやって? その証拠でも?

下劣な奴で 人でなし 腹黒い 悪党に

ムーアさま 騙されて いるのだわ

どうか神様 そんな悪党 裸にし 正体を 暴_{あば}き出し

正直者に 鞭を持たせて 東から 西の果てまで

世界中 追い立てて しばき倒して やればいい

イアゴ

おまえの声は 大き過ぎ

エミリア

そんな輩_{やから}は 呪われたらいい!

人の分別 逆さまにして

ムーアさまと 私の仲を 疑わせたりも したんだからね

イアゴ

頭でも いかれたか?!

デスデモーナ

ねえ イアゴ あの人 ご機嫌を 取り戻すのに

どうすればいい?

お願いだから 彼の所に 行ってみて

どうしても 私には 機嫌損ねた その理由 分からないのよ

跪き ここに私は 誓います

心でも 実際の 行為でも

彼の愛に 叛_{そむ}くことでも したのなら

私の目 耳 他の感覚が

どこかの人に 魅了されたり したのなら

177

あるいは──今は私を 振り捨てて 私は惨めな 境遇に
置かれてますが──現在も 過去も 未来も
私が彼を 愛することが ないのなら
一切の 喜びからは 見捨てられても 構わない
あの人の つれない素振り つらいもの
彼の冷たさ 私を凍死 させるよう
そうであっても 私の愛は 変わらない
私には「売春婦」など 口に出しては 言えません
今 そう言っている ことにすら 嫌悪感 感じます
ましてやそれを 行うなどは
私には できるわけなど ありません
この世での 最高の 栄耀栄華 与えると 言われても
お断り いたします

イアゴ

ご心配 なさらずに ご気分が すぐれなかった だけですよ
国事のことで 気にかかる 何かがあっての ことですね

デスデモーナ

そうならば いいのですけど…

イアゴ

きっとそうです 保証できます
（奥でトランペットの音）
晩餐会の 時間です ヴェニスから 来られた使者の
おもてなしです
さあ中へ お入りになり 泣いたりせずに

すべてがうまく いきますからね
(デスデモーナ エミリア 退場)

(ロダリーゴ 登場)

やあ ロダリーゴ!
ロダリーゴ
あんたの仕打ち ひどいもんだぞ
イアゴ
ひどいって 何が?
ロダリーゴ
毎日何か 口実を 見つけては
この俺を 避けているんじゃ ないのかい?!
今やっと 分かったんだが
あんたは俺の わずかな希望 叶えはせずに
その機会 できるだけ 作らないよう してるんだろう
俺はもう 我慢の限度 超えたんだ
今までは 馬鹿みたい じっと我慢を していたが
もうその手には 乗らないからな
イアゴ
ロダリーゴ 少しは俺の 言うことも 聞いてくれ
ロダリーゴ
もう充分に 聞かせてもらい 聞き飽きた
言うことと やることが 全然違う

イアゴ

　言いがかり　つける気か⁉

ロダリーゴ

　本当のこと！　この俺は　全財産を　使い果たした

　デスデモーナに　贈ると言って

　あんたが俺から　持っていった　宝石は

　半分の　サイズでも　簡単に

　修道女でも　丸め込むこと　できるほど

　価値ある物で　あったのだ

　あんたは俺に　それを彼女が　受け取って

　すぐにでも　懇意な仲に　なりたいという

　返事あったと　言うけれど　それっきり　梨のつぶてだ！

イアゴ

　なるほど　それで　いいんだよ

ロダリーゴ

　なるほど　それで　い・い・わ・け・が・な・い³⁶！

　悪質な　やり口だ　俺はいいよう　あしらわれてた

　そのことに　気がついた

イアゴ

　それで　よろしい

ロダリーゴ

　よろしくなんか　あるわけないぞ！

36　「良いわけがない／言い訳が（でき）ない」という筆者のシャレ。

俺は直接 デスデモーナに 名乗って出るぞ
彼女がもしも 宝石を 返却すれば
俺はすぐさま 願い下げして 不当な求愛 反省しよう
宝石が 戻らなければ 俺はあんたに 決闘を 申し入れ
リベンジを 果たしてやるぞ

イアゴ

よく言った

ロダリーゴ

言っただけじゃ ないからな
言ったこと 絶対に 実行するぞ！

イアゴ

いや おまえにも 男らしさが あるんだな
たった今から おまえのことを 見直してやる
ロダリーゴ 握手をしよう
おまえの抗議 無理もない
だが これだけは 言っておく
おまえのことを この俺は 真剣に 取り組んでいた

ロダリーゴ

そうは見えない

イアゴ

そう見えないの よく分かる
おまえの嫌疑 頷ける 理に適い 正当なもの
ロダリーゴ 今はもう 持っているとは 思うのだがな
決意や勇気 男らしさを 今度も発揮 してくれよ

明日の夜 デスデモーナを 楽しめなけりゃ

裏切りと 背信で 俺の命の 始末をつけて

あの世へと 送り出したら いいことだ

ロダリーゴ

さて それは 何なのだ？

まともなことで 俺にもできる ことなのか？

イアゴ

よく聞けよ ヴェニスから 特使が来てる

あのキャシオ オセロの職の 後任に するとのことだ

ロダリーゴ

本当か？ それならば デスデモーナと オセロとは

ヴェニスへと 戻るのか？

イアゴ

いや 違う モーリタニアに 行くんだよ

美しい デスデモーナも 一緒にな

何か事件が 持ち上がり

ここに留まる はめにでも ならない限り

決定的な 事件とは キャシオの奴を 始末すること

ロダリーゴ

始末するって どういうことだ？

イアゴ

オセロの代わり できなくすると いうことだ

頭でも ブチ割って

ロダリーゴ

そんなこと 俺にでも やれというのか?!

イアゴ

その通り 自分自身の 利益と権利 守る勇気が あるのなら

あいつは今夜 娼婦の所 行って夕食 共にする

そこへ この俺 会いに行く

奴はまだ 名誉ある 幸運のこと 知らないでいる

そこから奴が 出て行くの 待ち伏せだ

時間は俺が 取り計らって 午前零時と 1時の間

これで奴など 思い通りに 始末ができる

この俺も そばにいて 助けるからな

二人で奴を 葬るんだぞ

呆然と そんなところに 立っていないで

さあ俺と 一緒に行こう

道すがら なぜ奴を 殺さねば ならないのかを 話すから

おまえのために なるんだからな

もう 夕食時間 夜はみるみる 更けていく さあ やるぞ！

ロダリーゴ

その理由 もっと詳しく 話してくれよ

イアゴ

きっとおまえは 納得するぞ （二人 退場）

第３場

要塞の別の部屋

（オセロ ロドヴィーコ デスデモーナ エミリア
従者たち 登場）

ロドヴィーコ
　もうここで 結構ですよ

オセロ
　いや そうおっしゃらず 私も少し 歩きたいので…

ロドヴィーコ
　では 奥さま おやすみなさい
　おもてなしには 感謝してます

デスデモーナ
　またいつか おいでください

オセロ
　さあ 行きましょう そうだ デスデモーナ！

デスデモーナ
　はい あなた …

オセロ
　すぐに 休んで おきなさい わしも急いで 戻るから
　お付きの者は 下がらせなさい きっとだぞ

デスデモーナ

184

　そういたします

　（オセロ ロドヴィーコ 従者たち 退場）

エミリア

　どうしてでしょう？

　前よりは 少し優しく なられましたね

デスデモーナ

　すぐに戻ると おっしゃって

　休んでなさい ともおっしゃった

　お付きの者も いないようにと …

エミリア

　この私 下がらせておけ … そうなのですか？

デスデモーナ

　そう そうなのよ

　だから エミリア ネグリジェを 持ってきて

　その後で 休んでね

　今 将軍の ご機嫌を 損ねたく ないのです

エミリア

　奥さまは あの方に お会いなど してなけりゃ

　良かったのにね

デスデモーナ

　そうじゃないわよ 彼への愛は 溢れるほどで

　頑固でも 怒りっぽくて しかめっ面を されたりしても

　——ねえ ピンを 外してくれる？——

　率直で 好感が 持てるんだから

185

エミリア

　言われた通り あのシーツ ベッドに敷いて おきました

デスデモーナ

　どちらにしても 同じことよね

　本当に 人の心って 取り留めなくて …

　あなたより 私が先に 死んだなら

　婚礼の日の シーツを使い 私をそっと 包んでね

エミリア

　まあ 何てこと おっしゃるの?!

デスデモーナ

　お母さまに バーバラという メイドがいたの

　その娘は恋を したのだけれど

　相手の男 狂暴に なってきて

　その娘を捨てて しまったの

　その娘はいつも 「柳の歌」を 歌っていたわ

　昔の歌よ でもそれは その娘にと

　与えられた 運命を 象徴してる 歌だった

　その歌を 歌いつつ その娘は死んで いったのよ

　今夜その歌 私の胸に 流れてくるの

　哀れなあの娘 バーバラのよう 首を傾げて 歌ってみたい

さあ早くして

エミリア

37　裏の意味「見捨てられた恋人」

　ガウンを持って きましょうか？

デスデモーナ

　それはいいから このピンを 外してくれる？

　ロドヴィーコって 思慮深い 男性ね

エミリア

　とてもハンサム かっこいい

デスデモーナ

　話し方も さわやかね

エミリア

　あの方の 唇に 触れること できるのならば

　パレスチナまで 裸足で歩き

　お参りに 行ってもいいと 言う女性 ヴェニスにいます

デスデモーナ

　（歌う）哀れな娘 プラタナスの木 そのそばで

　　　緑の柳を 歌ってる

　　　手を胸に当て 頭を膝に 載せながら

　　　歌ってよ 柳よ柳 柳よ柳

　　　娘のそばに 清らかな 小川の流れ あるのよね

　　　その響き 嘆きの声に

　　　歌ってよ 柳よ柳 柳よ柳

　　　流れる涙 石をも包み

　　　歌ってよ 柳よ柳 柳よ柳

　これをしまって おいてよね

　（歌う）歌ってよ 柳よ柳 柳よ柳

お願いよ 早くして すぐにお戻り なさるから
(歌う) 歌ってよ 緑の柳 私の思い 花飾り
　　　あの人を 責めないで あの人の 蔑みが
　　　私には よく分かるから …
あら こうじゃなかった あの音は？
誰かがノック しているわ

エミリア

風の音です

デスデモーナ

(歌う) 私の彼に 偽りの愛 責めたなら
　　　言い返す 言葉はこれよ
　　　歌ってよ 柳よ柳 柳よ柳
　　　「僕が遊べば 君も遊べば いいだろう」
エミリア 下がっていいわ おやすみなさい
目がかゆい 泣くことの 前触れかしら

エミリア

どこにでも ありますよ そんなこと …

デスデモーナ

そう言われてるの 聞いたこと ありますわ
ねえ 男の人って 男の人って …
本当のこと 言って エミリア
そんなにひどい ことまでしても
自分の夫 騙す女性って いるのです？

エミリア

はっきり言って いますよね そんな人

デスデモーナ

　世界のすべて あげるから そう言われたら どうするの？

エミリア

　奥さまならば？

デスデモーナ

　月の光に 懸けても 私 絶対に そんなこと …

エミリア

　私もですよ 月の光に 照らされてなど

　暗闇ならば まだましですが …

デスデモーナ

　この世界 すべてをあげると 言われたら？

エミリア

　この世界 すべてとは 莫大なもの

　小さな罪に 巨大な褒美

デスデモーナ

　実際に あなたはきっと しないはず

エミリア

　実際に すべきだと 思います

　した後の 償いは いたしますけど …

　安っぽい 指輪とか 下着とか ガウンやスリップ

　帽子や小物 そんなものじゃ だめですよ

　でも 世界全部と 言われたら …

　ちょっとした 浮気するだけ 自分の夫を 皇帝に

できるのでしょう

煉獄行きと 言われても リスクを犯し やりますね

デスデモーナ

世界全部を 与えると 言われても

私なら そんな罪 絶対に 犯さない

エミリア

悪いとしても この世界にて 悪いだけ

努力して この世界 自分のものに したのなら

その世界での罪 罪ではないと 決めればそれで

解決ですよ

デスデモーナ

そんな女性が いるなんて どうしても 思えない

エミリア

大勢います そんな数 数え切れない ほど多く

でも 妻の過ち 私 思うに 責任は 夫にあって

妻に与える はずの物 他の女に 貢いだり

嫉妬に狂い 怒り出し 私たちを 拘束し

殴りつけ 悪意に満ちて お小遣い 減らしたり

そんなこと されたなら 私たちにも 意地があります

優しい気持ち あるけれど 仕返しを したくなります

妻にも同じ 感覚が あるのだと

夫らに 教えてやれば いいのです

物は見て 匂いをかいで 甘い辛いの 違いも分かる

夫が他の 女にと 乗り換えるなど どういうことよ！

お遊びかしら？ きっとそう

天性の浮気性？ そうかもね

過ちを 犯すのは 意志の弱さ？ これもそう

私たちって 愛情深く 遊び心も 意志の弱さも 男と同じ

私らを 大切に 扱わせるよう

夫には 思い知らせて やりましょう

妻の過ち みんな皆 夫から 見習ったもの ということを…

デスデモーナ

おやすみなさい おやすみなさい 　（エミリア 退場）

どうか神様 悪から悪を 学ぶのでなく

悪を知り 悔い改める 心の道を お教えを！ （退場）

第5幕

キプロス 路上

（イアゴ ロダリーゴ 登場）

イアゴ

　さあ この店の 陰に隠れて 立ってろよ 奴はすぐ来る
　剣は抜き身で 構えておいて グサッと刺せよ
　早く用意を！ 恐れるな 俺がついてる
　のるかそるかだ 忘れるな 覚悟を決めろ

ロダリーゴ

　そばにいてくれ やり損なうか しれぬから

イアゴ

　ここにいる すぐそばだ 勇気を出して 身構えろ！
　（隅に隠れる）

ロダリーゴ

　こんなことなど したくない だが イアゴの話 納得できる
　一人の人が 消えるだけ さあ 剣を抜く！ 死んでもらおう

イアゴ

ニキビ野郎の 面の皮 むけるまで こすりつけ

ヒリヒリさせて やったから 頭にきてる

あれがキャシオを 殺すのか キャシオがあれを 殺すのか

共倒れ してくれるのか どうなろうとも 俺の儲けだ

ロダリーゴ 生き残ったら

デスデモーナへ 贈り物と 偽って

俺がくすねた 莫大な 金や宝石

弁償しろと ぬかすだろう そうなれば 都合が悪い

キャシオの奴が 生き残ったら 生まれ持っての スマートさ

この俺を 醜く見せる

その上に ムーアが俺の 話をすれば

俺の立場が 危うくなるぞ

奴には死んで いただこう おお いよいよ来たぞ

（キャシオ 登場）

ロダリーゴ

あの歩き方 あいつだな 悪党め 死にやがれ！

（キャシオに突きかかる）

キャシオ

その一撃で 命取りにと なるところだが

コートの下に 鎖で編んだ ベストを着てる

---

38 赤穂浪士が討ち入りの時に着用した鎖帷子（くさりかたびら）に
似ている。当時、イギリスで身に危険を感じているような貴人や高
人が身を守るために、安全策として着用したようである。

おまえはどうだ!? （剣を抜き ロダリーゴを刺す）

ロダリーゴ

アッ！ やられた

（イアゴが背後からキャシオの脚に斬りつけて 退場）

キャシオ

脚をやられた 助けてくれ！

人殺し！ 闇討ちだ！ （倒れる）

（オセロ 登場）

オセロ

キャシオの声だ イアゴ 約束 果たしたな

ロダリーゴ

ああ 自分 悪党だった

オセロ

そうだろう[39]

キャシオ

おーい 助けてくれ！

灯りだ！ 医者を！

オセロ

奴だぞ ああ 勇気ある 我がイアゴ 正直者で 正義感ある

上官の 受けた恥辱を 潔く 晴らしてくれた

39　オセロはロダリーゴの「悪党だった」という言葉はキャシオが
　言ったと思っている。

194

おまえには 教えられたぞ
あばずれ女 浮気の相手は もう死んだ
呪われた おまえの命運 尽きようと しておるぞ
さあ行くぞ 娼婦めが！
おまえの目 その魔力 わしの胸から 消し去った
情欲で 穢れたベッド 情欲の血で 染めてやる　（退場）

（ロドヴィーコ グラシアーノ 登場）

キャシオ

おーい！ 誰か！ 夜警はどこだ⁉
誰かいないか⁉ 人殺し！ 人殺し！

グラシアーノ

何かあったな 悲痛な叫び

キャシオ

ああ 助けてくれ！

ロドヴィーコ

お聞きください！

ロダリーゴ

ああ 何と惨めな 悪党なんだ！

ロドヴィーコ

二・三人 呻いています ひどい暗闇
これは何かの 陰謀か しれません
手勢を少し 集めねば あの声に 近づくの 危険です

ロダリーゴ

　誰一人 来ないとは … この出血で 俺は死ぬ

ロドヴィーコ

　ほら またここで 聞こえたぞ

　（灯りを持ったイアゴ 登場）

グラシアーノ

　シャツ姿 そのままで 灯りと武器を 手に持って

　一人の男 やって来る

イアゴ

　誰なんだ?! そこにいるのは?

　「人殺し」など 叫んでいたの 誰なんだ!?

ロドヴィーコ

　誰なのか 分からない

イアゴ

　叫び声 聞かなかったか?

キャシオ

　ここだ! ここ! 頼むから 助けてくれよ

イアゴ

　何事だ!?

グラシアーノ

　この男 確かオセロの 旗手ではないか

ロドヴィーコ

その通りです 勇敢な 男です

イアゴ

悲痛な声を 上げているのは 誰なのだ?!

キャシオ

イアゴかい？

悪党どもに 襲われて 負傷した 助けを頼む

イアゴ

ああ これは 副官ですね

こんな傷 負わせたの どんな悪党 なんですか？

キャシオ

そのうちの 一人だけ その辺に 転がっている

逃げられぬはず

イアゴ

卑怯な奴ら！

（ロドヴィーコとグラシアーノに）

そこにいるのは 誰ですか？

ここに来て 手を貸して もらえませんか?!

ロダリーゴ

この俺も 助けておくれ！

キャシオ

あれが その 一人だぞ

イアゴ

この殺人鬼！ この悪党め！

（ロダリーゴを刺す）

ロダリーゴ

　イアゴ！ よくもこの俺 騙したな！ 犬畜生め！

イアゴ

　闇討ちなんか しやがって！

　盗賊の 仲間らは どこにいる?!

　この町は とても静かだ

　おーい 人殺し！ 人殺しだぞ！

　（ロドヴィーコとグラシアーノに）

　何者だ！ 敵か 味方か?!

ロドヴィーコ

　よく見れば 分かるはず

イアゴ

　ロドヴィーコさま？

ロドヴィーコ

　その通り

イアゴ

　失礼を いたしました

　悪党どもに キャシオ襲われ 負傷したので…

グラシアーノ

　キャシオがか!?

イアゴ

　傷の具合は？ 副官殿

キャシオ

　脚に深手を 負ったのだ

198

イアゴ

それは大変！ 灯りを持って いてください
私のシャツで 傷口を 縛ります

（ビアンカ 登場）

ビアンカ

何があったの？ 叫んでいたの 誰なのよ?!

イアゴ

叫んでいたの 誰だって!?

ビアンカ

ああ 私のキャシオ 愛しいキャシオ！
ああ キャシオ キャシオ キャシオ！

イアゴ

このアバズレめ！
キャシオ 襲撃を 仕掛けた奴ら 心当たりは ありますか？

キャシオ

いや 何もない

グラシアーノ

こんな形で 出会うとは お気の毒だな
ずっとあなたを 捜してた

イアゴ

靴下留めを 貸してください ああ これでいい
担架でも あったなら 楽にここから 運べるのだが

ビアンカ

　ああ キャシオ 気を失いそう

　ああ キャシオ キャシオ キャシオ！

イアゴ

　皆さま方よ この女 この一件に 関わってると 思えます

　もう少しの 辛抱だ キャシオ

　灯りこちらに 手渡して いただけません？

　この顔に 見覚えが あるのかどうか？

　ああ これは 友人で 同郷の ロダリーゴ？

　いや違う … 確かにそうだ ロダリーゴだな

グラシアーノ

　何だって？ ヴェニスの？

イアゴ

　そうですが ご存知ですか？

グラシアーノ

　知っているかと⁉ 何を言う！

イアゴ

　ああ これは グラシアーノさま お見それし

　申し訳 ありません

　血みどろの この件で 取り乱し ご無礼を いたしました

グラシアーノ

　久しぶりだな

イアゴ

　キャシオ 具合はどうだ？ 担架だ 担架！

グラシアーノ

ロダリーゴか！

イアゴ

はい その男です（担架が運び込まれる）

担架が来たぞ

誰かここから 気をつけて 運んでは くださいません？

私は軍医 呼んでくる

（ビアンカに）おい おまえ 手出しをするな

（キャシオに）殺されて 横たわってる この男

俺の友人 だった奴

あなたと彼の 間には 諍_{いさか}いが あったのですか？

キャシオ

全く何も！ 見も知らぬ 男だぞ…

イアゴ

（ビアンカに）顔色が 蒼ざめている——

キャシオを風の 当たらない 室内へ

（キャシオが運び込まれる）

お待ちください 皆さま方よ——

（ビアンカに）どうして 蒼くなっている？

（みんなに）ご覧ください 恐れ戦_{おのの}く この女の目

睨_{にら}みつけても 白状させて やるからな

どうか皆さん この女 しっかりと ご覧ください

お分かりでしょう 言葉なしでも

罪の意識が その顔に 書かれています

（エミリア　登場）

エミリア

　何があったの？　どうしたのです？

イアゴ

　キャシオ　闇討ち　遭ったのだ

　やったのは　ロダリーゴ　その一味

　キャシオ　重傷　ロダリーゴ　死に　他の連中は　逃亡中だ

エミリア

　まあ　あの紳士　善良な　キャシオがですか？

イアゴ

　売春婦など　買った報いだ

　おいエミリア　キャシオのところ　行ってみて

　今夜はどこで　食事をしたか　聞いてこい

　（ビアンカに）今の言葉で　震えているな

ビアンカ

　私の家で　食事はしたよ

　でもそれで　震えたわけじゃ　ないからね

イアゴ

　思った通りだ　命令だ　この俺に　ついてこい

エミリア

　まあ　娼婦だてらに！

ビアンカ

娼婦なんかじゃ ないからね
私のこと 見くびった あんたと同じ
まともな暮らし してるんだから

エミリア

私と同じ？ 勝手なことを 言うんじゃないよ

イアゴ

みんな揃って 手当て受けてる キャシオを 見舞いに
行きましょう
（ビアンカに）ついてこい 白状させて やるからな
エミリア おまえ 要塞に行って
将軍と 奥さまに 事件の経緯 お知らせを！
（エミリア 退場）
では 行きましょう
〈傍白〉今夜が勝負 吉と出るのか 凶と出るのか…
（一同 退場）

第２場

要塞の一室

（デスデモーナは ベッドで寝ている
灯りを持って オセロ 登場）

オセロ

罪なのだ 裁かれるべき 罪なのだ
その罪の名は 清純な 星たちよ わしは口には 出せぬのだ
彼女の血 流しはしない
雪より白く 白い鉱石 より白く
滑らかな肌 傷をつけたり することはない
だが 彼女には 生きる道とは 死への道
そうでなければ 男を欺く
この灯り消し 命の灯り 次に消す
燃える灯りよ おまえ消しても 後悔すれば
また灯すこと できはする
問題は おまえの灯り——
神が造りし 麗(うるわし)の光——
一度(ひとたび)消して しまったならば
このわしに プロメシウスの火 探し当てたり
できはしないぞ
薔薇の花 摘み取ったなら その花を 再生させる
手立てなどない 枯れ果てるだけ
わしはおまえが 生命の木に 咲いているうち
その香り 感じていたい （キスをする）
ああこの息の 芳(かんば)しさ
正義の神も 手に持つ剣を 折るだろう
もう一度 もう一度 口づけを！
死んだとしても そのままで あってくれ
おまえの命 奪っても わしの愛 変わらぬように！

もう一度 最後のキスを
これほども 麗しく これほども 罪深い 女性など
いたことが あるのだろうか
涙が落ちる とめどなく 残酷な 涙が … 涙 …
この悲しみは 天が与える ものなのだ
愛すればこそ 鞭を打つ
目を覚ましたな

デスデモーナ

誰なの？ オセロ？

オセロ

そうだよ わしだ デスデモーナ

デスデモーナ

もうおやすみに なられるの？ ねえ あなた

オセロ

今夜の祈り 済ませたか？

デスデモーナ

ええ あなた

オセロ

まだ神の 赦し得てない 罪あるのなら
今すぐ祈り 赦しを乞うが おまえのためだ

デスデモーナ

まあ あなた！ 何のこと？

オセロ

それをするのだ 今すぐに！ 待っているから

準備ができぬ おまえの心 殺したくない
人の魂 殺すこと 神により 禁じられてる

デスデモーナ

殺すって おっしゃいました？

オセロ

ああ 言った

デスデモーナ

神様 どうか この私 お救いを…

オセロ

救われるよう このわしも 願っておるぞ

デスデモーナ

それなら私 殺したり なさらないわね

オセロ

ウ〜ン それ どうだかな …

デスデモーナ

でも 怖い あなたがそんな 睨みつけた目 なさるとき
良くないことの 前触れだから
なぜか怖いわ 何一つ 悪いことなど していないのに
どうして私 怖いのかしら

オセロ

自分の罪を 考えてみろ

デスデモーナ

それは私が あなたのことを 愛してるから？

オセロ

そうだ それ故 死なねばならぬ

デスデモーナ

　愛してるから 殺されるなど 人の情には 反しています

　なぜそんなにも 下唇を 噛んでられるの？

　身を震わして いらっしゃるのは

　恐ろしい 感情に 苛まれてる 証です

　でも お願いだから その矛先を 私には 向けないで …

オセロ

　黙れ！ 静かにしてろ

デスデモーナ

　そういたします でも どうなさったの？

オセロ

　このわしが 大切にし おまえに与えた ハンカチを

　おまえ キャシオに やったであろう

デスデモーナ

　まさか そんなこと 神に誓って しておりません

　キャシオを呼んで お尋ねください

オセロ

　優しいおまえ 気をつけるんだ

　偽証罪に なるからな

　もう おまえ 死の床に あるのだからな

デスデモーナ

　いずれはね でも まだでしょう

オセロ

いや 今すぐだ 包み隠さず 罪を告白 するがいい
一つひとつ 誓いを立てて 打ち消したとて 何になる
わしの心を 苦しめる 強い確信 取り除くなど できはせぬ
おまえの命 もうないのだぞ

デスデモーナ

神様 どうか 弱き私を お守りください

オセロ

わしもそう 祈ってやろう

デスデモーナ

では あなた 私を守って くださいますね
一度も私 あなたのことを 裏切ったりは しておりません
キャシオなど 愛したことも ありません
神様が お認めになる 人として 持つべき情の 話なら
別ですが…
愛の印 そんなもの 与えたことは 絶対に ありません

オセロ

何を言う！ キャシオが あのハンカチを
持っているのを この目で見たぞ
嘘つき女！ おまえなど わしの心を 鬼に変え
神様に 献上いたす わしの所業を
ただ単に 殺人に してしまう
ハンカチを わしは見たのだ

デスデモーナ

それはキャシオが 拾ったのだわ

あげたことなど ありません

あの人を ここに呼び 真実を お聞きください

オセロ

奴はもう 自白した

デスデモーナ

何をです?

オセロ

おまえのことを モノにしたと

デスデモーナ

何のこと? 不義のこと?

オセロ

その通り

デスデモーナ

そんなこと キャシオ 言うはず ありません

オセロ

もう口は 利けぬから 正直者の イアゴが処分 してくれた

デスデモーナ

ああ 恐ろしいこと 殺されたの?

オセロ

奴の命が 髪の毛ほどの 数あろうとも

そのすべて 毟り取らねば

このわしの 復讐心は 癒えはせぬ

デスデモーナ

ああ あの人は 罠にかけられ 私もこれで おしまいね

オセロ

消え失せろ この娼婦！

わしの面前 奴のため 涙を流す?!

デスデモーナ

どうか私を 追放にして！ 殺したり なさらずに…

オセロ

もうやめろ この売春婦！

デスデモーナ

殺すのは 明日にし せめて今夜は 生かしておいて！

オセロ

だめだ おまえが もがくなら…

デスデモーナ

せめて後 半時間…

オセロ

走り出したら 止まれない

デスデモーナ

たった一言 お祈りの 間だけ

オセロ

もう遅過ぎる　（デスデモーナの首を絞める）

エミリア

（舞台奥で）将軍さま！ 将軍さま！

もし もし あの旦那さま！ 旦那さま！

オセロ

あの物音は？ まだ死んでない？ 死に切ってない？

むごいわしだが 慈悲の気持ちは まだ残ってる

おまえの苦しみ 長引かせたり せぬからな

さあ これで これでどうだな⁉ （さらに強く絞める）

エミリア

（舞台裏で）ねえ 将軍さま！ 旦那さま！

オセロ

誰だ⁉ そこにいるのは？

エミリア

（舞台奥で）ねえ 旦那さま お話が あるのです

オセロ

あの声は エミリアだ すぐに行くから

デスデモーナは とうとう死んだ …

キャシオの死 知らせにきたに 違いない

さっきまで ここで物音 していたが

もう今は 動いていない？ 墓場のように 静かだな

エミリアを 部屋の中 入れるべき？ どうだろう？

デスデモーナは また動いたぞ いや 気のせいか？

どうすれば 一番良いか？

エミリアは 入ってきたら

きっと妻には 話しかけるに 違いない

わしの妻！ わしの妻！ どの妻と？

わしには 妻は いないのだ ああ 耐えられぬ 苦行の時間

巨大なる 日食や 月食 起こり

デスデモーナの いない大地は

震え上がって 裂けるであろう

エミリア

（舞台奥で）お願いします

どうしても お話しせねば ならないことが… 旦那さま

オセロ

おまえのことを 忘れておった さあ 入るのだ エミリア

ちょっと待て すぐにドアを 開けるから

——カーテンは 閉めておくから——

どこにいるのだ？ （ドアを開ける）

（エミリア 登場）

こんな時刻に 何かあったか?!

エミリア

ああ 旦那さま 外で今 恐ろしい 殺人事件 ありました

オセロ

何だって？ 今のこと？

エミリア

はい たった今

オセロ

月が軌道を 外れてしまい

いつもより 地球近くに 来たならば

人は狂気に なるという

エミリア

キャシオが今 ヴェニスから来た 青年の
ロダリーゴ 殺したのです

オセロ

ロダリーゴ 殺された
そして キャシオも 殺されたのか?

エミリア

いいえ キャシオは 殺されて いませんよ

オセロ

キャシオの奴は 殺されてない?
殺人の 手筈が少し 狂ったな
甘い復讐 苦くなったな

デスデモーナ

ああ〜私 無実の罪で 殺されたのよ …

エミリア

あの叫び … 何なのですか?

オセロ

あの叫び? 何なのか?

エミリア

あっ 何てこと! 奥さまの声!
(ベッドのカーテンを開け放つ)
大変よ! 誰か来て! 誰か早く!
奥さま もう一度 お声を出して …
デスデモーナさま 優しい奥さま 一言何か おっしゃって

デスデモーナ

罪もないのに 死んでいくのよ…

エミリア

誰なのですか!? こんなこと した人は!

デスデモーナ

誰でもないの 私なの さようなら…

私の優しい ご主人に よろしくね…

ああ～さようなら… （死ぬ）

オセロ

どのようにして 殺されたのだ?!

エミリア

さあ 分かりませんね

オセロ

おまえ 聞いたな やったのは

自分であって わしではないと

エミリア

はい 聞きました 真実を 報告する 必要が ありますね

オセロ

あの女 嘘つきで 地獄に落ちた

殺したの このわしだ

エミリア

それなら まさに 奥さまは 天使の中の 最高の 天使さま

あなたなんかは 黒い中でも ドス黒い 悪魔だわ！

オセロ

あの女 浮気をしたぞ 娼婦だぞ！

エミリア

　奥さまのこと 嘘を言うわね あなたは悪魔！

オセロ

　あの女 浮気性だぞ 水のよう

エミリア

　奥さまを 水と言うなら あなた火のよう 無鉄砲

　奥さまは 天使のように 清純な人

オセロ

　キャシオが相手 おまえの夫に 聞くがいい

　正当な 理由もなしに このような 暴力行為 したのなら

　地獄の底に 落とされようと 構わない

　イアゴ このこと 知っている

エミリア

　私の夫？

オセロ

　おまえの主人

エミリア

　奥さまが 不倫をしたと？

オセロ

　キャシオ 相手に そういうことだ

　デスデモーナが 貞節であったなら

　宝石で 創った世界 彼女の代わり 与えると

　天がもし 言われても 絶対に 譲りはしない

エミリア

私の夫？

オセロ

そうなのだ おまえの主人 最初にそれを 教えてくれた
正直者の 彼にとっては 邪な 行いに 当たるもの
穢らわしさに 耐え切れぬのだ

エミリア

私の夫？

オセロ

同じこと 何度言わせる⁉
おまえの亭主と 言っておる

エミリア

ああ 奥さま 悪事が愛を 弄び こんなことにと！
私の夫 奥さまが 不倫をしたと 言うなんて！

オセロ

そう その男 言ったであろう おまえの亭主
わしの言葉が 分からぬか
わしの友 おまえの夫 誠実で 正直者の イアゴのことだ

エミリア

夫がもしも そんなこと 言ったのならば
有害な そんな魂 腐り果てれば いいんだよ 真っ赤な嘘よ
奥さまは あんたのような 汚れちまった クズ男
大事にし過ぎ なさったのだわ

オセロ

ハァッ?! 何を言う！

エミリア

　あんたなんかは 怖くはないよ！

　こんなことして あんたわね 天国なんか 行けっこないよ

　奥さまの 夫になんか なった資格は 全くないわ！

オセロ

　黙れ！ 言わせておけば！

エミリア

　あんたが私を 傷つけようと 思っても

　私の心 もうこれ以上 傷がつかない ほどまでに

　傷だらけに なってるんだよ

　ああ馬鹿！ 間抜け！ ゴミ男！

　よくもやって くれたわね——（オセロは剣の柄を握る）

　刀なんかは 怖くない 何回も 殺されたって 触れ回るわよ

　誰か！ 誰か来て！ 誰か！

　ムーアの奴が 奥さまを 殺したんだよ

　人殺し！ 人殺し！

（モンターノ グラシアーノ イアゴ その他 登場）

モンターノ

　何があったか?! どうしたのです？ 将軍

エミリア

　イアゴ ちょうど良かった いいときに 来てくれたわね

　殺人の罪 着せられる ところだったわ

グラシアーノ

　どういうわけだ？

エミリア

　男なら きっぱりと 悪党の 言うことを 撥ねつけて！

　奥さまが 不倫してると あんた言ったと

　ムーア しつこく 言うんだよ

　そんなこと あんた言ってや しないだろう

　あんたは そんな 悪人じゃ ないはずね

　はっきり言って 私の胸は 張り裂けそうよ

イアゴ

　この俺は 思った通り 言ったまで

　将軍が あり得ることで 真実と

　ご自分で 思われた 以上のことは 言ってない

エミリア

　でも 不倫など なさったと 言ってないよね

イアゴ

　それは 言ったぞ

エミリア

　嘘 言ったのね！ 卑劣な嘘を！

　誓って 嘘を！ 忌まわしい嘘！ 邪な嘘！

　キャシオと不倫を？ キャシオとだって⁉

イアゴ

　キャシオとだ おまえなんかは 黙ってろ！

エミリア

黙ってなんか いられない！
これが言わずに いられます⁉
奥さまは ベッドの中で 殺されている！

モンターノ & グラシアーノ

ああ 天の神様！

エミリア

（イアゴに）あんたが言った 告げ口が
この殺人の 原因だから 分かってるわね！

オセロ

そんなにも 怖がらないで くださいね
本当のこと なんだから

グラシアーノ

本当と 思っても 信じられない

モンターノ

恐ろしい 所へと 落とされますね

エミリア

極悪よ 悍ましい！ 極悪非道！
思い当たるわ あのときのこと 確かにあれは 変だった
今 思い出しても 取り返し つかないわ
極悪だ！ 極悪非道‼

イアゴ

何だって⁈ おまえは気でも 狂ったか⁉
おまえなど とっとと家に 帰ってろ！

エミリア

皆さま どうか 話す機会を 私にと お与えください
妻として 夫には 従うことが 務めでしょうが
今はそれ 違います
イアゴ 私は二度と 家になど 帰らない

オセロ

おぉ〜おぉ〜おぉ！ （ベッドに倒れ込む）

エミリア

そう ベッドに転び 吠えるがいいわ
あんたはね この世では 最も清く 聖なる命
消し去ったのよ

オセロ

（立ち上がり）あれは不貞を 働いたのだ
叔父上 いらっしゃるのに 気づかなかった
姫御さま すぐそこに 横たわって おられます
この手にて 息の根を 止めました
恐ろしく 残忍な 所業だと 分かっています

グラシアーノ

かわいそうに！ デスデモーナ
お父上 先に亡くなり 良かったのかも …
この結婚が 父上の 命取りにと なったのだ
だが まだブラバンショ 生きていて
この光景を 目にしたならば
自暴自棄の 振る舞いに 出たかもしれぬ
自分の守護神 払いのけ 奈落の底に 落ちたかも …

220

オセロ

　痛ましい ことですが イアゴが証言 しています

　キャシオと妻は 恥ずべき行為 数知れず 重ねています

　キャシオなど 自白しました

　妻はキャシオの 愛の行為を 喜んだのか

　私が最初 与えた品を 奴に与えて いますので …

　奴が手に しているところ この目で確と 見たのです

　その品は 父が母にと プレゼントした

　思い出の ハンカチなのだ！

エミリア

　ああ 神よ！ 天に在します 我らの父よ！

イアゴ

　チクショウ！ 黙ってろ！

エミリア

　いえ 話します 話しますとも 黙ってなんか いませんわ

　北風のよう 勝手気儘に 話しますから

　神も悪魔も 人々も 私のことを 押し込めようと

　しようとしても 黙ってなんか いられない

イアゴ

　おとなしく 黙って家に 帰ってろ！

エミリア

　嫌ですね　（イアゴ 剣を抜き エミリアを脅す）

グラシアーノ

　やめろ！ 女に剣を 向けるのか⁉

エミリア

　バカなムーアよ あんたなんかは！

　そのハンカチは 落ちているのを この私 偶然見つけ

　夫にあげた 物なんだから

　たいした物じゃ ないはずなのに 真顔になって

　しつこく 何度も 盗んでくれと 言われてたから…

イアゴ

　極悪の女めが！

エミリア

　奥さまが キャシオにやった そんな話は 大嘘よ！

　私が見つけ イアゴにやった 物ですよ！

イアゴ

　でたらめを 吐かすんじゃない！

エミリア

　神に誓って でたらめじゃ ありません 本当のこと

　（オセロに）間抜けでバカな 人殺しよ

　あんたなんかは あの善良な 奥さまを

　娶る資格は なかったんだよ

オセロ

　天に稲妻 走るのに 雷の声 なぜ聞こえぬか！

　この悪党め!!

　（オセロはイアゴに 襲いかかるが

　モンターノに剣を奪われる その混乱の隙に

　イアゴは背後からエミリアを刺して 退場）

222

グラシアーノ

　エミリアが 倒れたぞ

　きっとイアゴが 刺したのだ！

エミリア

　ああ どうか この私 奥さまのそばで 眠らせて …

グラシアーノ

　イアゴは逃げた 妻を殺して

モンターノ

　極悪非道な 悪党だ

　この剣を お預かり いただけません？

　将軍の手から 取り上げたもの

　ドアの見張りを お願いします 逃がしては なりません

　手向かうならば 殺すのも 厭(いと)わない

　私はすぐに 逃げた悪党 追跡します

　凶悪な 男だからな

　（オセロとエミリアを残し 一同退場）

オセロ

　このわしに もう勇気など なくなった

　青二才には 剣を奪われ 面目(めんぼく)を失った

　もう何を 失くしても 気にならぬ

エミリア

　優しい奥さま あの歌は 何の知らせで

　あったのでしょう？

　お聞きください 聞こえます？

白鳥の 役を演じて 歌いつつ 死んでいきます

(歌う)「柳よ柳 柳よ柳」

ムーア 奥さまは 純白だった

心から あなたを愛し 大切に 思ってられた

分かるわね 残酷な ムーアでも

こうして私 正直に 打ち明けたから 天国に 行けると思い

死んでいくのよ　(死ぬ)

オセロ

この部屋に もう一つ 剣がある

氷のような 小川の水で 鍛えられたる 名剣が…

ああ これだ 叔父上 出て行きますぞ

グラシアーノ

(舞台奥で) 出ようとすれば 命の保証 ないからな

素手で相手に なるわけがない

オセロ

そうならば どうか中へと お入りになり

私の話 お聞きください

さもないと 素手で出て行き あなたに向かい 襲いかかるぞ

(グラシアーノ 登場)

グラシアーノ

何の話だ?!

オセロ

ご覧ください 私は剣を 持っております

軍人の まだ誰も 携えたこと 一度もない 名剣だ

かつて私は この名剣を 片手に持って

群がる敵に 斬り込んだ

もうこれさえも 空しく響く

自らの 運命を 支配など できる者 いるのだろうか?

悪あがきなど もうしない

剣を持てども 心配は ご無用ですぞ

ここが私の 旅路の終わり ここが終焉

最終地点の 標識がある

困惑し 後退り されるのか?

恐れることは ありません

藁一本 オセロの胸に 突きつけたなら

尻込みを するでしょう オセロ 今 どこへ行く?

(ベッドに向かう) おまえはどんな 顔でいるのか?

不運な星に 支配され 哀れな女

ネグリジェと同じ 純白の色

おまえとわしが 最期の審判 そのときに 出会ったならば

おまえの姿 見たわしの 魂は

即刻 地獄に 投げ落とされて

悪魔の餌食に されるだろう

冷たくなった おまえの体

純潔な おまえの心 そのままだ

呪われろ! 忌まわしい わしの魂

225

悪魔よ わしに 鞭を打ち
天使の姿 見えぬ所へ 追い立てて
風の中 吹き飛ばし 硫黄の業火で わしを焼き
険しい崖から 火の海に 投げ下ろし
地獄の海で 洗い清めろ！
ああ デスデモーナは 死んでしまった
デスデモーナ ああ！ ああ！

（ロドヴィーコ 傷ついたキャシオ モンターノ
捕らわれたイアゴ その他 登場）

ロドヴィーコ

自らの 短絡さ故 不幸 招いた 男はどこに いるのだな?!

オセロ

かつてはオセロ その男 ここにいる

ロドヴィーコ

毒蛇は どこにいる？ その悪党を ここに引き出せ！

オセロ

見たところ 足は人間 あれは作り話か
もしおまえ 悪魔なら わしにはおまえ 殺せぬな
（イアゴを傷つける）

ロドヴィーコ

オセロの剣を 取り上げろ！
（オセロの剣は取り上げられる）

イアゴ

血は出ているが 死にはせん

オセロ

残念だとは 思っておらぬ 生きてればいい

今のわしには 死ぬことは 幸いだ

ロドヴィーコ

ああ オセロ あなた 立派な 人だった

悪党の 罠にはめられ … 何と言ったら いいものか?!

オセロ

どうとでも 言ってもらえば いいことだ

名誉ある 殺人鬼なら？

憎しみにより したことでない 名誉のためだ

ロドヴィーコ

この悪党は 事の一部を 白状いたし

あなたとイアゴ 共謀し

キャシオ暗殺 計画したと 申しています

オセロ

その通りです

キャシオ

オセロ将軍 そのようなこと される覚えは

私には 絶対に ありません

オセロ

わしはそれ 信じるからな 謝罪する

頼むから このプチ悪魔 どうしてわしの 魂も 肉体も

罠に掛けたか 聞いてくれ

イアゴ

俺には何も 聞かないでくれ

知るべきことは 知ってるはずだ

今からは もう二度と 口はきかない

ロドヴィーコ

何だって？ 祈りもしない？

グラシアーノ

拷問にかけ 話させてやる

オセロ

（イアゴに）口をきかぬが 身のためだろう

ロドヴィーコ

ご存知ないと 思うから 事情を少し お話しします

殺された ロダリーゴの ポケットに 一通の 手紙があって

ここにも別の…

その一つ ロダリーゴ 手を下し

キャシオ暗殺 すべき旨 書かれています

オセロ

ああ 悪党め！

キャシオ

異教徒的で 野蛮だな

ロドヴィーコ

ポケットに 他にも手紙 入れてあり

そこには不満 書き連らね 送るつもりで あったのが

イアゴに 先に 出会ってしまい
言葉巧みに 丸め込まれた 様子です

オセロ

（イアゴに）この卑怯者！
（キャシオに）妻のハンカチ
どうやって おまえの手にと 入ったのだ？

キャシオ

私の部屋で 見つけたのです
先ほどの 自白によると ある計画の
目的のため 故意にそれ 部屋に落として おいたとか…

オセロ

ああ 馬鹿だった！ わしは馬鹿だ！ 大馬鹿だ！

キャシオ

手紙には イアゴ糾弾 する中で
夜警の際に ロダリーゴ けしかけて 喧嘩ふっかけ
暴動を 起こさせたのも イアゴだと 書かれてました
それで私は 免職と なりました
たった今の ことですが 死んだと思った ロダリーゴ
蘇生して 言ったこと
「イアゴが僕を 刺したんだ
イアゴがみんな けしかけた」と

ロドヴィーコ

（オセロに）この部屋を出て 我らと同行 願いたい
権力や 指揮権は 取り上げだ

キャシオがこの地 キプロスの 全権を 握ります
この非人間 痛めつけ 苦しみが 永続する刑 考えて
厳罰に処す
あなたに関し 罪状が ヴェニス政府に 報告される
ときまでは
厳重な 監視の下で 囚人として 扱われます
さあ 連行いたせ

オセロ

お願いがある 出発の前 たった一言
私は国家に 功績があり そのことは ご存知のはず
だからそれには 触れません
お願いは 報告書に 不幸な事件 記されるとき
ありのまま 私のことを お書きください
かばうことなく そしることなく…
それに加えて 賢明に 愛することは できなかったが
心の底から 愛した男
嫉妬など 知らなかったが 策略に 引っかかり
極度に心 乱れ果て
愚かなる インディアン 種族のすべて 滅ぼすように
貴重な真珠 投げ捨てたこと
泣くことに 不慣れな目だが
アラビアの木から 薬用の 樹液したたり 落ちるかのよう
とめどなく 涙流して いるのだと こうお書き ください
もう一つ アレッポで ターバン巻いた トルコ人

230

ヴェニス人を 殴りつけ ヴェニスの国を 侮辱するので
その男の 喉元を ひっ掴み 殴り倒して やったこと
このように…　（自分を刺す）

ロドヴィーコ

ああ 無残な最期！

グラシアーノ

もうすべて 無駄となったか…

オセロ

おまえを殺す その前に わしはおまえに キスをした
今 わしは キスをして 死んでゆく
（ベッドに倒れ込み 死ぬ）

キャシオ

恐れていたが 武器などを お持ちだったか…
高潔な 方だった

ロドヴィーコ

（イアゴに）このスパルタ犬！ 苦痛 飢え
荒海さえも 及ばぬような 凄惨な 所業をここに
見るがいい
ベッドの上の 惨憺たる 光景を！
これみんな おまえの仕業 これを見たなら 目も潰れるな
カーテンを引け　（ベッドのカーテンが引かれる）
グラシアーノ この家を お願いします
ムーアの財産 没収だ 相続人は あなたです
総督 あなたには この悪党の 処刑 お願い いたします

時 場所 やり方 その判断は お任せします
容赦は要らぬ！
私はただちに 乗船し 本国に 悲しい事件
悲しい気持ちで 報告せねば なりません （一同 退場）

あとがき

　『オセロ』は 1604 年に上演された。前年にエリザベス一世が亡くなり、ジェイムズ一世の時代になってまだ新しい頃である。この劇には『オセロ』の後に、副題のように「ムーア人」と書かれている。ムーア人とは、イベリア半島や北アフリカの地方にいたイスラム教徒であるが、当時のイギリスでは、「ムーア人」と言えば黒人のことであった。

　人種差別や性差別に厳しい現代、この作品を要らざる批判に晒すのを避けようとしてか、ムーア人を曖昧に解釈している。シェイクスピアは黒人を意図して書いているはずだが、真偽のほどは確かではない。

　京都から大阪に来て思うことが三つある。人情の厚いこと、二つめは、横断歩道でしっかりと車が止まって歩行者を優先してくれること（京都ならもう何百回も死んでいる）、三つめは、大阪人の絶妙な言葉の表現である。私はそれがとても気に入っている。断定しておいて、その後に「知らんけど…」と付け加える。ここでそれを使うなら「オセロ？　そんなん黒人やで！　知らんけど」である。

　この作品も、私の得意技であるギャグを使う場面が非常に少なく、暗い思いで、暗い作品を、暗い密室で一人で訳していた。これほどクライ三ヶ月は泣けるほどつらかった。

　最後に「あとがき」で、鬱憤を晴らすようにこうしてギャ

233

グを書いているが、今から、400年以上も前に、イギリスに多くの黒人がいたとは思えない。イギリス人はプライドが高いので、黒人だけでなく、他の国の人なら誰でも蔑みの目で見ていたのに違いない。

　オセロはなぜかクリスチャンである。オセロは貿易で栄えるヴェニス公国の将軍である。傭兵なのに、将軍である。なぜか？　ヴェニス人が将軍になると、富と政治に軍事力が加わり、現在のミャンマーのような国になることが分かっていたのだろう。ヴェニスの人々はこの点でとても賢明だった。

　実際に、この劇の上演の34年前に、トルコ軍がキプロス島に遠征軍を送っている。シェイクスピアはそれを知っていて、これを書いている（私は、ロシアが昨年ウクライナに侵略軍を送り、まだその戦争が続いているのを知って、シェイクスピアの作品を訳している）。「四大悲劇」の中で、政治的対立や、王侯貴族の没落を描いた『ハムレット』、『マクベス』、『リア王』と比較すると、戦争のことは背景として描かれてはいるが、この作品は出世を阻まれた男の妬みと復讐、そして夫婦に起こる小さな世界の悲劇である。

　そもそも、傭兵の黒人男性と貴族階級の白人女性との結婚を取り上げたシェイクスピアに、きっと庶民は唖然としたことだろう。これも、やはり興行的な成功のことを考えてのことだったのだろうか。

　一言、ここに付け加えたいのはイアゴのことだ。イギリスの批評家や日本の学者がイアゴを賛美するようなことを書い

ている人がいるが、シェイクスピアがこのような人物を巧み
に描き上げたという意味でのこととは思うが、こんなイケス
カナイ男はいない！ 最低も最低値をはるかに超えて、ロシ
アのＰ氏と共に地獄の釜にストンと落ちればいい！

　学生に死刑についてレポートを書かせたことがある。大多
数の学生は死刑存続派であった。ごく少数、人権団体の代表
かと思われるような性善説を唱える学生もいた。その少数の
反対派の中で、これはスゴいと私が七五調で礼賛したのは、
「死刑なんて　したのなら　それはただ　犯罪者　楽にするだけ
／毎日　毎日　地獄の刑罰　与え続けて　生き地獄　演出し　反省さ
せて　あたりまえ」という学生である。私は当然ながら、こ
の学生に最優秀賞を与えたのである。

　最後に、この作品には、「嫉妬」という言葉が23回出て
くる。その中で最も有名なものは、「嫉妬とは　緑色した　怪
物で／人の心で　増殖し　人の心を　弄ぶ」というものである。
また、"jealousy" のことを、"green-eyed monster" と表現して
いるが、イギリスでは現在でも聞かれる言葉だ。だから、こ
の七五調訳シリーズ〈7〉の表紙は緑色にした。

　エミリアは語る。「正当な　理由があって　嫉妬心　起こるの
でなく／嫉妬深いと　ただそれだけで　嫉妬するので／嫉妬心
自分で生まれ　自分で育つ　怪物ですよ」と。

　オセロは最後に、「自分は嫉妬深い人間ではないが、悪漢
の言葉に惑わされ、精神状態が不安定になり、狂気の果てに
デスデモーナを殺してしまった」と自白する。自分の最も大

切で、神聖な宝を誰にも触られたり、取られたりしないようにするためのオセロの究極の選択が、その宝を葬るという極論である。

　平静のときには、誰しもこれは間違っていると思う。でも、自分がその真っただ中にあって、その事実があると確信したら、男なら、このオセロと同じことをしないとは言い切れないと、私は思う。それは、私も体験したことであり、心の中に黒い殺意が芽生え、夜には悪夢に悶え苦しんだことがあるから、このオセロの気持ちが良く分かる。

　そんな経験をなさったことがない人は幸いである。本当にそう思う。

　『オセロ』を訳し、これで四大悲劇のすべてを訳し終えることができた。2年足らずで、ここまでできたのは、74年も元気で生きることができた体を与えてくれた両親のお陰であり、仏壇に頭を下げ、私に英語力を与えてくださった同志社の先生方、ロンドンの先生方にも心の中で感謝の言葉を述べた。その先生方の多くにも、もうお会いしてご指導いただくことができなくなってしまった。

　いつものことながら、快く出版していただいている風詠社社長の大杉剛さま、優しい笑顔で応援してくださっている牧千佐さま、私の至らない日本語をまともな日本語に修正頂き、完璧に編集していただいている藤森功一さま、しっかりと校

正をしていただいた阪越ヱリ子さま、そしてミミズのような
字の原稿の全文をパソコンに打ち込んでくれた藤井翠さまに
感謝申し上げます。

著者略歴

今西 薫
京都市生まれ。関西学院大学法学部政治学科卒業、同志社大学英文学部前期博士課程修了（修士）、イギリス・アイルランド演劇専攻。元京都学園大学教授。

著書

『21 世紀に向かう英国演劇』（エスト出版）

『*The Irish Dramatic Movement: The Early Stages*』（山口書店）

『*New Haiku: Fusion of Poetry*』（風詠社）

『*Short Stories for Children by Mimei Ogawa*』（山口書店）

『*The Rocking-Horse Winner & Monkey Nuts*』（あぽろん社）

『*The Secret of Jack's Success*』（エスト出版）

『*The Importance of Being Earnest*』〔Retold 版〕（中央図書）

『イギリスを旅する 35 章（共著）』（明石書店）

『表象と生のはざまで（共著）』（南雲堂）

『詩集 流れゆく雲に想いを描いて』（風詠社）

『フランダースの犬、ニュルンベルクのストーブ』（ブックウェイ）

『心をつなぐ童話集』（風詠社）

『恐ろしくおもしろい物語集』（風詠社）

『小川未明＆今西薫童話集』（ブックウェイ）

『なぞなぞ童話・エッセイ集（心優しき人への贈物）』（ブックウェイ）

『この世に生きて　静枝ものがたり』（ブックウェイ）

『フュージョン・詩 & 俳句集 ―訣れの Poetry ―』（ブックウェイ）

『アイルランド紀行 ―ずっこけ見聞録―』（ブックウェイ）

『果てしない海 ―旅の終焉』（ブックウェイ）

『J. M. シング戯曲集 *The Collected Plays of J. M. Synge*（*in Japanese*）』（ブックウェイ）

『社会に物申す』純晶也［筆名］(風詠社)

『徒然なるままに ―老人の老人による老人のための随筆』(ブックウェイ)

『「かもめ」＆「ワーニャ伯父さん」―現代語訳チェーホフ四大劇Ⅰ―』(ブックウェイ)

『New マジメが肝心 ―オスカー・ワイルド日本語訳』(ブックウェイ)

『ヴェニスの商人』―七五調訳シェイクスピアシリーズ〈1〉―(ブックウェイ)

『マクベス』―七五調訳シェイクスピアシリーズ〈2〉―(風詠社)

『リア王』―七五調訳シェイクスピアシリーズ〈3〉―(風詠社)

『テンペスト』―七五調訳シェイクスピアシリーズ〈4〉―(風詠社)

『ちっちゃな詩集 ☆魔法の言葉☆』(風詠社)

『ハムレット』―七五調訳シェイクスピアシリーズ〈5〉―(風詠社)

『ジュリアス・シーザー』―七五調訳シェイクスピアシリーズ〈6〉―(風詠社)

＊表紙にあるシェイクスピアの肖像画は、COLLIN'S CLEAR-TYPE PRESS（1892年に設立されたスコットランドの出版社）から発行された *THE COMPLETE WORKS OF WILLIAM SHAKESPEARE* に掲載されたものを使用していますが、作者不明のため肖像画掲載に関する許可をいただいていません。ご存知の方がおられましたら、情報をお寄せください。

『オセロ』―ヴェニスのムーア人―
七五調訳シェイクスピアシリーズ〈7〉

2023年8月26日　第1刷発行

著　者　今西　薫
発行人　大杉　剛
発行所　株式会社 風詠社
〒 553-0001　大阪市福島区海老江 5-2-2
大拓ビル 5 - 7 階
TEL 06 （6136）8657　https://fueisha.com/
発売元　株式会社 星雲社
（共同出版社・流通責任出版社）
〒 112-0005　東京都文京区水道 1-3-30
TEL 03 （3868）3275
印刷・製本　小野高速印刷株式会社
©Kaoru Imanishi 2023, Printed in Japan.
ISBN978-4-434-32541-0 C0097

郵 便 は が き

料金受取人払郵便

大阪北局
承　認

1635

差出有効期間
2025 年 1 月
31日まで
（切手不要）

５５３-８７９０

018

大阪市福島区海老江 5-2-2-710

㈱風詠社

愛読者カード係 行

lılı·lılı·ll¹llı·lllı·l·l·llılılı·l·lılı·l·lılı·lı·l·lı·l·lıllıl

ふりがな お名前			大正　昭和 平成　令和　　年生　　歳	
ふりがな ご住所	□□□-□□□□		性別 　男・女	
お電話 番　号		ご職業		
E-mail				
書　名				
お買上 書　店	都道 府県　　　市区 　　　　　郡	書店名		書店
		ご購入日	年　　　月　　　日	

本書をお買い求めになった動機は？
　1. 書店店頭で見て　　2. インターネット書店で見て
　3. 知人にすすめられて　　4. ホームページを見て
　5. 広告、記事（新聞、雑誌、ポスター等）を見て（新聞、雑誌名　　　　　）

風詠社の本をお買い求めいただき誠にありがとうございます。
この愛読者カードは小社出版の企画等に役立たせていただきます。

本書についてのご意見、ご感想をお聞かせください。
①内容について

②カバー、タイトル、帯について

弊社、及び弊社刊行物に対するご意見、ご感想をお聞かせください。

最近読んでおもしろかった本やこれから読んでみたい本をお教えください。

ご購読雑誌（複数可）	ご購読新聞
	新聞

ご協力ありがとうございました。

※お客様の個人情報は、小社からの連絡のみに使用します。社外に提供することは一切
　ありません。